FOLIO JUNIOR

Jean-Philippe Arrou-Vignod

Le camembert volant

Illustrations de Dominique Corbasson

FOLIO JUNIOR/**GALLIMARD** JEUNESSE

Jean-X

Ce matin-là, on rentrait tous de l'école avec maman quand on a rencontré le nouveau facteur devant l'entrée de l'immeuble. Il tenait son vélo d'une main, et dans l'autre une grosse enveloppe couverte de timbres et de tampons.

– Vous allez pouvoir m'aider, il a dit en soulevant sa casquette. J'ai une lettre pour un certain Jean-quelque-chose qui habite au onzième.

– C'est moi, a dit Jean-A.

– C'est moi, j'ai dit.

– C'est nous, ont dit Jean-C. et Jean-D.

– Mettez-vous d'accord, les enfants, a dit le facteur qui avait l'air de trouver ça très drôle. Lequel d'entre vous s'appelle Jean-quelque-chose ?

Mais il a moins rigolé quand il a senti une petite main qui s'agrippait à son pantalon.

– C'est moi qui s'appelle Zean ! a zozoté Jean-E. qui a un cheveu sur la langue.

C'est le moment qu'a choisi Jean-F. qui ne sait pas parler pour s'agiter dans sa poussette.

– Il a raison, a dit maman. Pourquoi n'aurait-il pas de courrier, lui aussi ?

Le facteur, les yeux ronds, a regardé l'initiale brodée sur le bavoir de Jean-F. avant de nous dévisager lentement tous les six comme s'il était victime d'une hallucination.

– C'est une blague ? il a fait en déglutissant C'est pour la Caméra cachée ?

– Je vous prie de rester poli, a dit maman.

– C'est quoi, la Caméra cachée ? a demandé Jean-C.

– T'occupe, banane, a dit Jean-A. qui regarde chaque jeudi la télé en cachette chez Stéphane Le Bihan.

– Bon, a dit le facteur avec un drôle de rire. Je la donne à qui, cette lettre ?

– A moi, a dit Jean-A.

– A moi, j'ai dit.

– A nous, ont dit Jean-C. et Jean-D.

– A moi, a dit Jean-E.

– Houin ! a hurlé Jean-F.

– Un peu de silence, a ordonné maman, très calme, avant de se tourner vers le facteur qui n'en menait pas large : ça vous amuse de faire crier des enfants ?

Maman est très impressionnante quand elle est calme. Même Jean-F. a dû le comprendre, parce qu'il s'est arrêté instantanément de hurler comme si on l'avait débranché.

– C'est ma première tournée, a bredouillé le facteur en montrant la ruche de boîtes à lettres qui tapissent le mur de notre immeuble de Cherbourg. Je suis un peu perdu… Je cherche juste un Jean-quelque-chose.

– Eh bien, c'est nous, a dit maman en lui prenant la lettre des mains.

– Comment ça, c'est vous ? a répété le facteur. Vous êtes tous des Jean ?

– Est-ce que vous insinuez que je ne connais pas le prénom de mes propres enfants ? a demandé maman.

Elle a glissé la lettre dans sa poche et on est tous passés en file indienne, la tête haute, devant le facteur médusé.

C'est toujours comme ça quand on sort tous ensemble.

Les gens n'arrivent pas à croire qu'on est juste une famille, pas une colonie de vacances ni une troupe de sosies échappés d'un cirque.

Six frères, ce n'est déjà pas courant. Mais six Jean-quelque-chose, ça frise le livre des records. Comme on a tous les oreilles décollées et un épi sur la tête, papa, qui n'est pas très physionomiste, a trouvé un truc imparable : nous ranger par ordre alphabétique, comme dans un répertoire.

Il y a Jean-A., onze ans, alias Jean-Ai-Marre parce qu'il râle tout le temps.

Moi, c'est Jean-B., alias Jean-Bon parce que je suis un peu rondouillard.

Dans la famille des Jean, j'ai tiré le numéro deux.

« Mauvaise pioche » dit souvent Jean-A. qui se croit le plus fort parce qu'il a des lunettes et qu'il était le chouchou de M. Martel. Comme il est l'aîné, il prend le lit superposé du haut et en profite pour éteindre la lumière quand je lis ou me lancer ses chaussettes sur la figure.

Dans la chambre des moyens, il y a Jean-C., sept ans, nom de code Jean-C-Rien parce que c'est le distrait de la bande.

Il y a aussi Jean-D., cinq ans, surnommé Jean-Dégâts, avec qui Jean-C. a inondé deux fois l'appartement depuis qu'on habite à Cherbourg.

Les petits, c'est Jean-E., trois ans, alias Zean-Euh parce qu'il a un cheveu sur la langue, et le bébé Jean-F., alias Jean-Fracas, qui n'a encore qu'un an et pas beaucoup de cheveux sur la tête.

Quand il est né, tout le monde attendait une fille, histoire de changer un peu, et papa, qui est très fort en bricolage, avait tapissé sa chambre d'un joli papier rose qui cloquait tellement qu'on aurait pu croire que quelqu'un avait caché derrière des noyaux de cerises.

Au début, on a tous été déçus que Jean-F. ne soit pas une fille. Comme il a toujours faim, il s'arrête de respirer, devient tout rouge et se met à crier si fort que les gens dans la rue croient que c'est la sirène de la défense passive qui s'est déclenchée par erreur.

Moi, j'aurais voulu être fils unique comme mon meilleur copain, François Archampaut. Il habite dans une maison si grande qu'il est obligé de prendre son vélo pour aller jusqu'à la salle de bain. Enfin, c'est ce qu'il raconte... Comme son père est agent secret, François Archampaut n'invite jamais personne chez lui à jouer le jeudi. Jean-A. dit que c'est un menteur, mais moi je le crois. Son père a une DS 19 bourrée de gadgets prototypes et François Archampaut dit qu'on sera agents secrets nous aussi quand on sera grands, et qu'on fera équipe tous les deux. On s'est déjà fabriqué des cartes d'espions, et sur la mienne, j'ai juste mis mes initiales, J.B. : ce sont les mêmes que celles de James Bond, mon héros préféré.

Héros, c'est le métier que je veux faire plus tard. Détective, karatéka ou agent secret, je ne sais pas encore. Mais est-ce que vous imaginez James Bond traînant derrière lui cinq frères aux oreilles décollées ?

Ce jour-là, papa nous attendait sur le pas de la porte.

Papa est très fort comme médecin. Il a toujours beaucoup de travail, alors c'est rare qu'il rentre déjeuner, surtout quand on a école et qu'il faut manger avec un lance-pierre si on ne veut pas être en retard et avoir cent lignes de M. Martel. Il avait gardé sa blouse blanche de l'hôpital, ce qu'il ne fait jamais non plus, et on s'est tous regardés en grimaçant, cherchant à deviner qui avait fait une bêtise assez grave pour qu'il rentre à midi.

– Mes enfants, il a dit en embrassant maman, j'ai une grande surprise à vous annoncer !

– Aïe ! a murmuré Jean-A.

La dernière fois qu'on nous avait fait le coup de la surprise, c'était maman pour nous annoncer qu'elle attendait un nouveau bébé. Ça n'allait pas recommencer !

Quelque temps après la naissance de Jean-F., une main anonyme avait griffonné « COMPLET » à côté de notre nom, sur la porte de l'appartement, et comme personne n'avait voulu se dénoncer, papa avait privé tout le monde de piscine pour une semaine.

Mais celui qui avait écrit ça avait bien résumé l'opinion générale. Six garçons, ça suffit largement.

– Vous en faites une tête ! a dit papa avec un sourire malicieux. Vous n'aimez pas les surprises ?

Quand papa est de bonne humeur, c'est que des catastrophes se préparent. Il s'est penché sur la poussette et a voulu chatouiller Jean-F. sous le menton. Grosse erreur : Jean-F. a agrippé le stéthoscope qui pendouillait autour de son cou, a tiré dessus et l'a relâché brusquement. Paf ! en plein dans l'œil de papa !

Ça nous a tous fait rire, sauf Jean-F. qui s'est mis à hurler, alors on n'a plus ri du tout en voyant la mine que faisait papa.

– Très bien, il a dit. Puisque c'est comme ça, on parlera de la surprise plus tard.

– Tout le monde à table, alors, a lancé maman.

On a filé se laver les mains sans demander notre reste.

Papa a dû trouver que ce n'était pas une si bonne idée finalement de rentrer déjeuner parce que c'était juste le jour où maman avait fait des épinards. Il mastiquait de minuscules bouchées, mâchoires serrées, en jetant des regards d'envie sur la purée au jambon de Jean-F.

A un moment, il a profité que maman soit allée à la cuisine pour chiper discrètement une bouchée dans l'assiette de Jean-F. Jean-F. s'est arrêté aussitôt de respirer, il est devenu écarlate et s'est mis à hurler si fort que maman est revenue en criant :

– Lequel d'entre vous trouve très malin de faire pleurer le bébé ?

Papa, l'air dégagé, s'est mis à siffloter innocemment pendant qu'on plongeait tous le nez dans notre assiette.

– Personne, bien sûr, a fait maman en nous fusillant du regard. Quand je reviens, je ne veux plus rien voir dans les assiettes ou ça va barder !

C'était l'heure de la sieste de Jean-F. Elle l'a pris dans ses bras et l'a emmené dans la chambre.

– Merci, les gars, a murmuré papa. Je vous revaudrai ça.

Ôtant le couvercle de la casserole, il a ajouté précipitamment :

– Vite, tendez-moi vos assiettes !

On a vidé dedans les épinards qui nous restaient, puis papa a filé ni vu ni connu les jeter dans la poubelle de la cuisine.

– J'ai débarrassé, chérie ! il a lancé. Qu'est-ce que j'apporte comme dessert ?

Quelquefois, j'ai pensé, Papa est vraiment très fort.

– Et la surprise ? on a demandé quand le repas a été terminé.

– Ce soir, a dit papa. Il est l'heure que vous partiez à l'école. Et puis il faut que j'en parle avec votre mère d'abord.

– A propos de surprise, a dit maman en sortant la lettre qu'avait apportée le facteur, j'allais oublier ce mystérieux courrier…

A la maison, recevoir une lettre, c'est toujours un événement. Sous prétexte qu'on est six, personne ne nous écrit jamais. Je veux dire : à nous les enfants. A part nos grands-parents pour les anniversaires, ou les cousins Fougasse qui nous envoient leurs images de communion et des cartes de vœux pour Noël dessinées à la main.

Mais l'enveloppe que tenait maman était trop grande pour des images de communion. Une enveloppe jaune en papier kraft, avec l'adresse tapée à la machine, comme celles qu'envoient les notaires, dans les livres, pour vous dire que vous venez d'hériter par surprise un milliard d'anciens francs.

Impossible de savoir à qui elle était destinée : la deuxième partie du prénom était illisible. Alors maman a décidé de la lire elle-même.

Cher Monsieur Jean-X,

Permettez-nous, d'abord, de vous remercier de la confiance que vous manifestez à l'égard de notre maison, et de vous féliciter pour la qualité de votre choix.

Le modèle Z 833 E que vous nous avez com mandé est en effet l'un des fleurons de notre production...

Là, maman a marqué un petit temps d'arrêt, avant de reprendre plus lentement :

... Votre bon de commande appelle cependant deux remarques de notre part :

1/ La vente de pistolets d'alarme est strictement réservée aux adultes de plus de vingt et un ans.

2/ Nous ne pouvons accepter, comme vous le proposez, un règlement par timbres de collection et vignettes du Tour de France. Seuls les chèques sont acceptés.

Pour ces deux raisons, nous avons le regret de vous informer que nous ne pouvons malheureusement répondre favorablement à votre commande.

Veuillez agréer, cher Monsieur Jean-X, l'expression de nos sentiments les meilleurs.

Un silence de plomb a suivi. On aurait dit qu'une météorite de la taille d'un terrain de football était tombée sur le salon. Puis Papa a dégluti bruyamment avant de prendre la lettre des mains de maman et de nous la présenter à la ronde.

– Je suis très calme, il a dit. Je suis TRÈS TRÈS calme, mais je ne le répéterai pas deux fois... Que le destinataire de cette lettre sorte des rangs IMMÉDIATEMENT !

Personne n'a bougé d'un millimètre.

– Je vous préviens, a repris papa, la voix enflant dangereusement. Si le zigoto qui tente d'introduire dans cette maison des pistolets d'alarme…

– Modèle Z 833 E, a précisé Jean-A.

– … ne se dénonce pas IMMÉDIATEMENT, a explosé papa, VOUS SEREZ TOUS PRIVÉS DE DESSERT JUSQU'A… JUSQU'A… VOTRE MAJORITÉ !

– C'est pas moi, a zozoté Jean-E. Zé dézà mon pistolet à flèches !

– Comment je l'aurais commandé ? a fait Jean-D. Je sais même pas écrire.

– C'est pas moi non plus, a fait Jean-C. Je suis trop nul en orthographe.

Tous les regards ont convergé sur Jean-A. et sur moi. Forcément, parce qu'on est les grands, c'est toujours nous qu'on accuse.

– C'est Jean-B. ! a dit Jean-A. en devenant tout blanc. Même qu'avec François Archampaut, ils se sont fabriqué des vestes de survêtement pare-balles !

– C'est même pas vrai ! j'ai dit. C'est toi qui as eu l'idée qu'on paye avec des timbres et des vignettes du Tour de France parce qu'on n'a pas assez d'argent de poche !

Je l'avais bien dit à François Archampaut : jamais on n'aurait dû prendre Jean-A. dans notre club d'agents secrets ! D'abord, les traîtres ont toujours des lunettes, et depuis que Jean-A. est en 5e, il se croit le plus fort et veut toujours être le chef.

Quand on avait découpé le bon de commande dans le catalogue de l'armurier, j'étais sûr qu'on était en train de faire une grosse bêtise. Mais l'idée de signer Jean-X, c'était moi : un vieux truc d'agent secret pour cacher son identité.

– Mes fils achètent des armes à feu par correspondance ! a murmuré papa en se laissant tomber dans le fauteuil avec accablement. Qu'est-ce que j'ai fait pour mériter ça ?

– Moi, je voulais pas ! a balbutié Jean-A. C'est eux qui m'ont forcé !

– C'était juste pour jouer, j'ai dit.

– Pour jouer ? a répété papa. Des pistolets d'alarme ?

– Génial ! a dit Jean-C. qui ne comprend jamais rien. Est-ce qu'on pourra jouer avec vous ?

– Silence tout le monde, a dit maman, et écoutez-moi bien…

Elle était très calme et avait l'air d'avoir un peu de mal à garder son sérieux.

– Six Jean dans cette maison, elle a dit, c'est bien assez comme ça il me semble. Pas question d'y ajouter un quelconque Jean-X, Jean-Y ou Jean-Z…

Sur ce point, on était tous d'accord. Elle a continué :

– Quant à ceux qui auraient l'idée saugrenue de vouloir s'amuser dans le salon avec un lance-flamme, des grenades dégoupillées ou un quelconque joujou explosif, qu'ils se préparent à recevoir la fessée de leur vie… Même s'ils sont agents secrets et rompus aux techniques de combat les plus sophistiquées, a-t-elle ajouté en nous fixant droit dans les yeux, Jean-A. et moi. Nous sommes bien d'accord ?

On a hoché la tête en silence, rassurés de s'en sortir à si bon compte.

– Maintenant, il est grand temps de filer à l'école si vous ne voulez pas être en retard. Et qu'aucun espion amateur ne s'avise de laisser traîner une seule de ses petites oreilles décollées pendant que votre père me parle de sa surprise, sinon…

Attrapant nos cartables, on a tous détalé sans attendre qu'elle ait fini sa phrase.

– C'est de ta faute, sale rapporteur, j'ai dit à Jean-A. dans l'ascenseur.

– Rapporteur toi-même, a ricané Jean-A. Elle était nulle, ton idée, d'abord.

– De toute façon, j'ai dit, on ne prendra plus jamais de 5e à lunettes dans notre club. Bien fait pour toi !

– M'en fous, a dit Jean-A. Un club de primaires. c'est trop débile.

– Débile toi-même, j'ai dit.

– Répète un peu si t'es un homme, a ricané Jean-A.

Et on s'est séparés en courant pour ne pas arriver en retard à l'école.

La surprise de papa

Quand on est revenus à la maison ce soir-là, papa n'était pas encore rentré.

– Une surprise est une surprise, a dit maman en refusant de répondre à nos questions. Il vous faudra patienter jusqu'au dîner. Vous n'auriez pas vos devoirs à faire, par hasard ?

C'était l'heure de Rintintin sur la télé des voisins, alors on a dit « si si ! » et on a filé aux toilettes.

Nous, on n'a pas la télé. Maman dit qu'on a d'autres choses à faire qu'à s'abrutir devant des émissions stupides. Pour voir Rintintin, on est obligés de monter sur le siège des cabinets : par le petit vasistas, on a une vue géniale sur le poste de M. Bertholin. Comme il habite l'immeuble d'en face, sa télé ressemble à un minuscule timbre-poste, mais avec les jumelles de Jean-A., on arrive à deviner l'histoire, même s'il n'y a pas de son.

Seulement, on n'a qu'une paire de jumelles, et Jean-A. veut toujours la prendre. En plus, la cuvette des toilettes n'est pas assez large pour y tenir debout à trois. Jean-C. n'arrêtait pas de crier : « A moi de voir, maintenant ! » en nous tirant par le pantalon. Alors Jean-A. lui a filé une beigne et ça s'est mal terminé.

– Je croyais que vous deviez faire vos devoirs ! a crié maman. Dans vos chambres, immédiatement !

C'était la fin de l'année. A part Jean-A. qui fait initiation latin parce qu'il est en 5e, on n'avait pas de travail à faire. Comme M. Martel est très sévère, j'en ai quand même profité pour préparer des lignes d'avance, ça pouvait toujours servir.

J'ai une technique spéciale pour ça. Je copie deux cents fois :

Je ne…

Je ne…

Et je laisse le reste de la ligne en blanc. Comme ça, selon la punition, il n'y a plus qu'à compléter :

... me moque pas ae   une de mes camarades parce qu'elle a un appareil dentaire.

Ou bien :

... lance pas des boulettes de papier mâché pendant la leçon de morale.

Comme on a un bureau à deux places, Jean-A. n'arrêtait pas de loucher par-dessus mon bras.

– « Je ne, je ne... », il a ricané. Trop débiles, les primaires !

– Banane, j'ai dit. Tu y as été, toi aussi, en primaire.

– Oui, mais moi j'avais jamais de lignes de M. Martel.

– Forcément, j'ai dit. T'étais son chouchou.

Jean-A. déteste qu'on dise qu'il était le chouchou de M. Martel. Il a pris son stylo à plume, l'a dévissé et a vidé sa cartouche sur mes lignes d'avance en répétant « Je ne, je ne ! » comme s'il était atteint d'une maladie mentale incurable.

– Tu vas le payer, j'ai dit.

On a commencé à se rouler sur le tapis quand Jean-C. est entré dans la chambre.

– Maman, Maman ! il a crié. Les grands sont encore en train de se battre !

– Sale rapporteur, a fait Jean-A.

Et il lui a lancé une chaussure. Jean-C. s'est baissé et Jean-D. qui arrivait au triple galop, son épée à la main, l'a reçue en pleine la figure. Alors il s'est jeté dans la mêlée en appelant Jean-E. à la rescousse.

Ça a été une sacrée bagarre.

A un moment, Jean-C. a voulu sauter sur le lit du haut, mais Jean-A. a été le plus rapide.

– Sortez de notre chambre ou vous êtes des hommes morts, il a dit en brandissant son polochon.

– Jamais ! ont ricané Jean-C. et Jean-D. On est les envahisseurs venus de l'espace ! Votre planète nous appartient !

– Les pygmées attaquent ! j'ai dit en sautant à mon tour sur le lit. Ils ne nous prendront pas vivants !

– Pas de quartier ! ont lancé les moyens.

– D'accord, j'ai dit, mais on ne touche pas aux affaires.

– T'inquiète, a ricané Jean-A. en enlevant ses lunettes. Qu'ils essayent un peu et ça va sacrément dégénérer…

– Dégénéré toi-même, a dit Jean-C.

– Les enfants ! a appelé maman. Papa vient d'arriver !

Juste au moment le plus intéressant… On s'est quand même envoyé quelques beignes, histoire de ne pas tout gâcher, puis on a filé au salon pour découvrir la surprise de papa.

Même si on n'a pas la télé, ça avait quand même été une super fin d'après-midi.

Dans le salon-salle à manger de notre appartement de Cherbourg, il y a un grand canapé, deux fauteuils et des petites tables gigognes. Maman les a achetées l'hiver dernier dans un magasin de meubles suédois. Six tables basses toutes pareilles, mais de tailles différentes pour pouvoir les ranger les unes dans les autres.

– Chacun la sienne, a dit maman qui est très organisée. Ça évite les disputes et ça ne prend pas de place sur le tapis.

Même Jean-F. a sa table gigogne, ce qui est un peu bête vu qu'il a déjà une tablette sur sa chaise de bébé. Mais si on oublie de sortir la sienne, il arrête de respirer et se met à crier si fort qu'on regrette vraiment qu'il ne soit pas une fille.

Ce soir-là, en l'honneur de la surprise de papa, maman avait préparé des tas de petites assiettes remplies de canapés au beurre de saumon, de chips, de cacahuètes et de gougères individuelles.

J'adore quand on fait un apéritif dînatoire. C'est comme ça qu'elle dit quand elle n'a pas envie de faire la cuisine ou les soirs d'anniversaire. On a le droit de manger avec les doigts et de boire autant de boisson gazeuse qu'on veut, assis tous en rond sur le tapis du salon. Sauf Jean-F., bien sûr, parce que maman dit que les bulles détraquent l'estomac.

Papa a profité de l'occasion pour utiliser le cadeau de Noël que lui a offert Papy Jean : une drôle de bouteille en métal argenté qu'on appelle un siphon et qui ressemble à l'extincteur de l'école. On glisse à l'intérieur des petites cartouches de gaz et, quand on appuie sur le bec, ça projette de l'eau de seltz en faisant des éclaboussures partout.

– Messieurs, a dit solennellement papa en levant son doigt de whisky, à la santé de tous les Jean !

C'est le signal qu'on attendait pour se jeter sur l'apéritif : Jean-A. a gobé trois gougères d'un seul coup, Jean-D. se remplissait les poches de chips, et quand Jean-C. et Jean-E. ont commencé à se bombarder avec les cacahuètes, maman a dû mettre le holà.

– C'est un apéritif dînatoire, elle a dit, pas le repas des fauves.

Ça a un peu cassé l'ambiance, surtout que personne ne voulait goûter les canapés au beurre de saumon. Papa a voulu reprendre un doigt de whisky, mais il a vite compris au regard de maman que ce n'était pas le moment de refaire des éclaboussures sur la table avec son nouveau siphon.

– Bon, il a dit. Qui veut connaître la grande surprise ?

– Moi, moi ! on a tous crié.

Il a pris sa pipe, l'a bourrée de tabac et a attendu de faire de petits pop-pop de fumée avant de commencer.

– Voilà, il a dit. Votre mère a beau être très organisée, cet appartement est devenu trop petit pour nous huit depuis la naissance de Jean-F. Et je ne parle pas du désordre qui règne dans vos chambres : même une chatte n'y retrouverait pas ses petits...

Tout le monde s'est senti visé, sauf Jean-F. qui s'est mis à pédaler dans sa chaise de bébé en entendant son nom.

– Après en avoir longuement discuté, a repris papa, votre mère et moi avons pris une grande décision.

– On va avoir la télé ? a demandé Jean-A.

– Non, a dit papa. On va déménager.

– Déménazer ? a répété Jean-E.

– On quitte Cherbourg, a opiné papa en expédiant un rond de fumée vers le plafond. Je suis nommé à la rentrée prochaine à l'hôpital de Toulon.

Un silence de mort a suivi. On aurait dit qu'il venait de lâcher un champignon atomique au milieu du salon.

Bouche ouverte, on remuait tous les lèvres mais aucun son n'en sortait, comme les héros de Rintintin sur la télé de M. Bertholin.

Jean-C. en a profité pour enfourner une poignée de cacahuètes, puis Jean-A. le premier a retrouvé l'usage de la parole :

– Tu veux dire qu'on s'en va pour toujours ? il a bégayé.

– Qu'on verra plus nos copains ? j'ai balbutié.

– Et qu'on n'ira plus à la piscine municipale ? a demandé Jean-C.

– Ni acheter des gâteaux à la pâtisserie Boudineau ? a poursuivi Jean-D.

– Ni zouer au zardin public ? a zozoté Jean-E.

– Houin ! a fait Jean-F. en arrêtant de respirer.

– Pas de panique, a dit papa. D'abord on ne part pas avant la fin du mois de juillet…

– Et puis, a ajouté maman, on a décidé autre chose : pas question de déménager si la majorité n'est pas d'accord.

– C'est quoi la mazorité ? a zozoté Jean-E.

– C'est quand on ne demande pas leur avis aux minus, a dit Jean-A. qui se croit le meilleur en vocabulaire parce qu'il est en 5e.

– Banane, a dit Jean-C. La majorité, c'est quand on a le droit de piloter une voiture de course.

– Banane toi-même, a ricané Jean-A.

– La majorité, c'est le droit de chacun d'exprimer librement son avis, a expliqué maman qui a des principes éducatifs. N'est-ce pas, chéri ?

– Exactement, a dit papa. Et le premier qui

n'est pas d'accord, je l'expédie séance tenante en pension chez les Enfants de troupe !

Mais avant de voter, il a voulu d'abord nous montrer où se trouve Toulon sur la carte routière.

Papa n'est pas très fort pour déplier les cartes. Quand il a réussi à l'étaler, elle était toute déchirée à l'endroit des plis. C'est le moment qu'a choisi Jean-E., que personne ne surveillait, pour envoyer dessus une giclée d'eau de Seltz avec le nouveau siphon offert par Papy Jean.

Papa a poussé un juron, Jean-F. s'est arrêté de respirer, et ça allait tourner à la catastrophe quand maman a eu l'idée de sortir l'atlas de la bibliothèque et de servir à papa un nouveau doigt de whisky.

Pendant qu'elle allait coucher Jean-F., on a tous fait cercle autour de lui.

– Regardez, il a dit en chaussant ses lunettes : Cherbourg est ici, sur cette petite pointe qu'on appelle la presqu'île du Cotentin. Vous la voyez ? On dirait une sorte de verrue sur un nez… Eh bien, Toulon se trouve exactement ici.

Son doigt a traversé toute la France et a pointé un endroit tout en bas de la carte. Tellement loin de Cherbourg, j'ai pensé avec un pincement au cœur, que c'était fichu pour notre club d'agents secrets avec François Archampaut. En plus, comme a expliqué papa, il fait toujours beau à

Toulon. Est-ce que vous imaginez des espions professionnels portant un short et des sandales de plastique ?

– Vous voyez cette mer ? a continué papa. C'est un peu comme la Manche, sauf qu'on peut s'y baigner sans devenir bleu de froid... On l'appelle la Méditerranée parce que… eh bien…

– Ça vient du latin, a dit Jean-A. qui en fait depuis qu'il est en 5e.

– Merci ! a dit papa un peu vexé. Si vous m'interrompez sans arrêt…

– Est-ce qu'il y aura une piscine municipale à Toulon ? a demandé Jean-C.

– Bien sûr, a dit papa. Avec une eau tellement chaude qu'il faut y apporter ses glaçons !

– Et un zardin public pour zouer ? a demandé Jean-E.

– Bien sûr ! Mais qu'est-ce que vous diriez d'avoir une maison, avec un vrai jardin rien que pour nous ? a dit papa avec un petit sourire.

– Une maison ? Alors j'aurai ma chambre à moi tout seul ? s'est écrié Jean-C.

– Et je pourrai avoir un chien ? j'ai fait.

– Et moi une télé dans ma chambre ? a renchéri Jean-A.

– Et un portique dans le jardin ? a proposé Jean-D. Pour faire de la corde lisse et jouer à cochon pendu ?

– On verra quand on sera là-bas, a dit maman en revenant de la chambre de Jean-F. Vous oubliez un détail important, il me semble... Nous n'avons pas encore voté.

– Tu es certaine que c'est bien utile, chérie ? a demandé papa en soupirant.

– Certaine, a dit maman.

Comme la carte routière était fichue de toute façon, papa a découpé dedans des petits bouts de papier qu'il a distribués avant d'expliquer les règles du vote.

– Le principe est simple : ceux qui sont pour qu'on déménage, vous écrivez « oui » sur votre bulletin. Pour les autres, je rappelle qu'il existe une excellente pension qui s'appelle les Enfants de troupe…

– C'est un vote à bulletin secret, a corrigé maman. Chacun a le droit de donner librement son avis.

– Qu'est-ce que j'ai dit ? a protesté papa.

On est tous passés au vote. Il a fallu que maman aide Jean-E. qui ne sait pas écrire et quand on a eu fini, papa s'est éclairci la gorge avant de tirer un à un nos bulletins et de les lire solennellement.

Même sans voir l'écriture, c'était facile de reconnaître ce que chacun avait voté.

« Oui, à condition qu'on ait la télé » (Du Jean-A. tout craché)

« Ze veut bien déménazer à Toulon » (Signé Jean-E.)

« Jé pas vu ou été Toulon » (Ça c'est Jean-C. qui ne comprend jamais rien et qui est nul en orthographe)

« D'accord si on va à la piscine municipale le samedi après-midi comme ici » (Jean-D.)

Le dernier était un « NON ! » en énormes majuscules. Comme c'est un vote à bulletin secret, je ne dirai pas qui l'a écrit, même sous la torture.

– « Non » ? a répété papa. « Non » ? Que celui qui refuse de déménager se dénonce IMMÉDIATEMENT !

– C'est Jean-B. ! a ricané Jean-A. Il ne veut pas quitter François Archampaut !

– Silence, a dit maman. Chacun a le droit de s'exprimer librement.

Papa a fait rapidement les comptes. Au total, il y avait trois oui, un bulletin nul (celui de Jean-C.) et un seul non.

– Mes enfants, il a dit en ôtant ses lunettes, la majorité d'entre vous s'étant largement prononcée pour le oui, la décision est adoptée : nous ferons la prochaine rentrée scolaire à Toulon, charmante ville de la côte méditerranéenne et sous-préfecture du Var, célèbre pour la clémence de son climat et l'exceptionnelle qualité de son corps médical ! Hip hip hip ...

– Hourra ! ont crié les autres. Vive Toulon !

– Chut ! a fait maman qui déteste quand on chahute avec papa parce que ça dégénère toujours. Vous allez réveiller Jean-F.

Ça m'a donné une idée tout à coup.

– Attendez, j'ai dit. Jean-F. a le droit de voter lui aussi.

– Jean-F. ? a ricané Jean-A. Il sait même pas parler, je t'apprendrai !

– C'est pas une raison, j'ai dit. C'est un Jean comme les autres.

– Jean-B. a raison, a dit maman. Ce n'est pas parce que Jean-F. est le petit dernier qu'il n'a pas le droit de s'exprimer.

– S'exprimer ? a répété papa. Mais enfin, chérie, c'est un nourrisson ! Pourquoi ne pas faire voter le poisson rouge tant qu'on y est ?

En fait, quand il agite les jambes dans son « Babygro », Jean-F. ressemble plutôt à une grosse grenouille. Mais au regard que m'a lancé papa, j'ai pensé que ce n'était pas la peine de le contredire.

– Très bien, chéri, a dit maman très calmement. Si tu compares mon fils à un poisson rouge…

C'est le moment qu'a choisi Jean-F. pour se mettre à hurler dans sa chambre.

– Tu vois ? a triomphé maman. Il proteste contre cette injustice flagrante.

– Bon, a dit papa avec accablement, je te propose un compromis : si Jean-F. pleure moins de trois minutes trente, c'est qu'il accepte de déménager. Plus, c'est qu'il refuse. D'accord ?

– D'accord, a dit maman.

Papa a défait sa montre-chronomètre et on a fait cercle autour de lui en se bouchant les oreilles.

C'est long, trois minutes trente à écouter Jean-F . hurler, même pour une décision aussi importante qu'un déménagement !

Une minute... Une minute trente... Deux minutes... Trois moins le quart... J'avais l'impression que la trotteuse de papa marchait au ralenti... Trois minutes dix... Trois minutes vingt...

A l'instant où je pensais que c'était gagné, Jean-F. a fait une sorte de petit gargouillis et s'est tu subitement.

– A voté ! a dit lugubrement papa en arrêtant son chronomètre.

Quatre contre deux. La majorité avait décidé : à la fin du mois de juillet, on quittait Cherbourg, François Archampaut, les gâteaux du dimanche à la pâtisserie Boudineau, la piscine municipale et le magasin de farces et attrapes de la rue de l'école...

Je suis allé me coucher avec une drôle de boule dans la gorge. Même si l'appartement était trop petit et que je devais partager ma chambre avec Jean-A., c'était notre appartement à nous, et je n'arrivais pas à penser qu'on allait devoir vivre ailleurs.

Où est-ce que j'achèterais mon journal de Spirou chaque semaine ? Et mes boules coco ? C'en était fini du patin à roulettes au pied de l'immeuble, des déjeuners du dimanche au restaurant du Cercle Naval, des télés allumées dans la vitrine

de la boutique d'électroménager... Même la pluie du jeudi après-midi allait me manquer, et les jours où il faut monter les onze étages à pied parce que l'ascenseur est en panne.

Même si j'aimerais être fils unique quelquefois, je déteste que les choses changent. Et un déménagement, c'est le pire bouleversement qui puisse arriver. Je ne souhaiterais ça à personne, même à mon pire ennemi.

– T'inquiète, banane, a fait Jean-A. depuis le lit du haut. Tu verras, à Toulon, les copains, c'est pas ça qui manque. Et puis tu seras au lycée, comme moi. On pourra toujours se castagner tous les deux à la récréation.

Il a ricané dans l'ombre, mais je sentais sa voix mal assurée.

– Banane toi-même, j'ai dit.

Mais le cœur n'y était pas vraiment.

Une télé sur la Lune

L'année scolaire a fini à toute vitesse.

Pour une fois, j'aurais voulu qu'elle ne s'arrête jamais. Il y avait tellement de choses que j'avais envie de faire encore avant de quitter Cherbourg : aller voir un film de cow-boys au cinéma Rex, lire les Club des Cinq que je n'avais pas eu le temps d'emprunter à la bibliothèque municipale, ou parler à Nathalie, la fille de M. Martel, qui a des couettes et qui est à l'école des filles à côté de la nôtre…

En 6e, ce n'est pas la même chose qu'en primaire. Garçons et filles sont mélangés dans la même classe : si on n'avait pas déménagé, j'aurais pu être avec elle à la rentrée. J'aurais même pu lui parler, qui sait.

Jean-A. dit qu'avec ses couettes, la fille de M. Martel ressemble à Annie dans le Club des Cinq. Lui, sa préférée, c'est Claude parce que c'est un garçon manqué.

De toute façon, il dit que les filles sont nulles, mais c'est parce qu'il a des lunettes et que la sœur de Stéphane Le Bihan a de meilleures notes que lui en latin.

Jean-C. dit que Jean-A. est amoureux en secret de la sœur de Stéphane Le Bihan, et que c'est pour ça qu'il passe des heures à se coiffer dans la salle de bains, le matin, avant de partir à l'école.

– J'ai un épi, banane, a ricané Jean-A. Et puis d'abord, quand je serai grand, je ne me marierai jamais. J'aurai un bolide à une place et une maison avec marqué « Interdit aux filles ».

Seulement, quand Jean-C. s'est amusé à faire des grimaces à la sœur de Stéphane Le Bihan derrière la vitrine de l'épicerie où elle achetait des bonbons, Jean-A. lui a collé une beigne si sonore que Jean-C. a gardé l'empreinte de sa main sur la joue pendant toute une semaine.

C'est ça que je regretterai le plus quand on quittera Cherbourg : nos disputes en rentrant de l'école.

Le dernier jour de classe, M. Martel a organisé un goûter pour fêter la fin de l'année.

Il avait invité les CM2 de l'école des filles, mais on est restés dans notre coin à ricaner entre garçons pendant que les filles gloussaient en se goinfrant de nos gâteaux.

Après, on est sortis dans la cour, mais elles se sont mises à jouer à l'élastique et à rigoler en se disant des trucs secrets à l'oreille. Nous, pour rigoler aussi, on s'est mis à leur tirer dessus avec le ballon de foot, alors ça a dégénéré. A un moment, le grand Cyril a shooté tellement fort qu'il a fracassé la fenêtre de la classe. M. Martel est sorti avec son sifflet, personne ne voulait se dénoncer, alors Nathalie, la fille de M. Martel, a montré le grand Cyril du doigt et on est tous rentrés faire cent lignes pendant que les filles nous faisaient des grimaces par la fenêtre.

– C'est toujours comme ça avec les filles, a dit François Archampaut. Tu comprends maintenant pourquoi je n'ai pas voulu avoir de sœur…

Quand je lui ai demandé ce qu'il faisait pour les vacances, il a pris son air mystérieux qui énerve Jean-A.

– Désolé, il a dit. Mission top secrète. Il vaut mieux que tu ne saches rien. Je ne voudrais pas qu'on te torture pour te faire avouer où je suis.

Comme François Archampaut apprend la télépathie, ça n'était pas grave que je n'aie pas encore d'adresse où il pourrait m'écrire à Toulon. On s'est juré qu'on s'enverrait des messages codés et qu'on resterait copains jusqu'à la mort. Puis il est monté dans la DS 19 de son père, le chauffeur a mis les gaz et il a disparu en agitant la main, me laissant seul sur le trottoir avec mon gros cartable et une boule de chagrin dans la gorge.

Tout le monde criait, lançait ses cahiers en l'air. Les grandes vacances commençaient, mais pour la première fois, ça me donnait envie de pleurer.

Nous, à cause du déménagement, on ne partirait qu'au mois d'août en vacances, dans la nouvelle maison de campagne de Papy Jean et de Mamie Jeannette.

Jean-A., qui râle tout le temps, dit que c'est nul de rester à la maison quand tous nos copains sont partis. Heureusement, il y a le Tour de France : on passe les après-midi à jouer aux petits cyclistes en écoutant les étapes sur le poste de radio du salon. Comme il veut toujours être le maillot jaune, on se met des peignées et ça finit toujours mal parce que maman est un peu à cran à cause du déménagement.

Elle a déjà commencé à mettre dans des malles en fer bleues toutes les choses qu'on n'utilisera pas avant le départ : les moufles pourries des cousins Fougasse, les pantalons de ski, les chaussettes de laine et les blazers d'hiver qu'on met le dimanche quand on va à la messe.

Depuis que le déménageur a cassé un vase en prenant les mesures de la bibliothèque, elle a décidé de tout préparer elle-même. D'un côté, il y a les bagages spéciaux, toutes nos affaires pour les grandes vacances, et de l'autre les cartons où elle emballe les choses qui cassent pour le déménagement, avec des étiquettes « Fragile » et le nom de ce qu'il y a dedans inscrit en gros au marqueur indélébile.

– Rien de tel qu'un peu d'ordre et une bonne liste, répète souvent maman qui est très organisée.

– Chérie, dit papa chaque matin en fouillant les placards vides : tu n'as pas vu ma cravate à rayures ? Et mes lames de rasoir ? C'est curieux, mais je n'ai plus qu'une seule chaussure marron.

Comme il a vite vu que ça n'amusait pas du tout maman, il part à l'hôpital avec une chaussure noire et une marron et la cravate en tricot qu'il déteste, celle que lui a tricotée Mme Vuillermoz avec des restes de layette.

Les Vuillermoz sont des amis de mes parents. Quand elle a appris qu'on déménageait, Mme Vuillermoz, qui est très serviable, a proposé à maman de venir s'installer chez nous pour l'aider.

– C'est très aimable de sa part, a dit maman, mais si elle passe cette porte, je ne réponds plus de rien.

Le pire, c'est quand il a fallu vider nos chambres pour tout mettre dans des cartons.

On avait tout juste commencé par le bureau qu'il y en avait partout sur le plancher : des boîtes de jeux crevées, la collection de timbres complète de Jean-A., mes porte-clefs publicitaires, des cartouches d'encre mâchonnées, un ballon de foot, une paire et demie de patins à roulettes, une pompe à vélo, des cahiers de classe Clairefontaine, ma boîte à secrets, un reste de sandwich au jambon, une mallette de magicien, le manuel d'origami de Jean-C., des miettes de porte-avion, une chaussette sale roulée en boule, des baguettes de mikado et un vieux chien en peluche tellement écrasé que personne ne l'a reconnu…

En retrouvant au milieu le tournevis qu'il cherchait pour démonter les lits superposés, papa a commencé à dire quelque chose sur les Enfants de troupe, puis il est sorti brusquement avec son tournevis pour faire du bruit dans la cuisine.

– C'est un déménagement, a dit maman, ou vous comptez ouvrir une quincaillerie ? Pas question d'emporter tout ce capharnaüm.

Seulement, Jean-A. ne voulait jeter que mes affaires, alors on a commencé à se les envoyer à la figure.

– Ta peluche pourrie, à la poubelle !

– A la casse, ta maquette nulle !

– Regarde ce que je fais de ton Monopoly !

– Si tu touches ma boîte à secrets, tu es mort !

– Tu veux ta pompe à vélo dans la figure ?

– Maman, les grands sont en train de se battre ! a rapporté Jean-D.

– Viens le dire ici si tu es un homme, a fait Jean-A.

– Ça t'amuse de t'en prendre à un plus petit que toi ? a demandé Jean-C. en arrivant à son tour.

– Tant pis pour vous, les minus, a ricané Jean-A. Vous l'aurez voulu.

Je suis allé fermer la porte de la chambre pour qu'on soit plus tranquilles et on a commencé à se taper dessus comme des malades.

A un moment, Maman a crié depuis le couloir :

– Ça va, les grands ? Vous vous en sortez ?

– On range ! on a crié.

Et la castagne a repris de plus belle.

En fait, ça a été un super mois de juillet.

Dans le salon, il y avait des caisses partout. On avait l'impression de camper dans un appartement que des voleurs étaient en train de cambrioler. Comme les tapis étaient roulés contre les murs, on pouvait faire des glissades en chaussettes sur le parquet ou lancer des billes contre les plinthes. Les pièces résonnaient, on jouait aux alpinistes en grimpant sur les caisses de verres ou de vaisselle marquées « Fragile » dès que maman avait le dos tourné.

Et puis, un soir, juste une semaine avant le départ, papa est rentré du travail en portant dans les bras un gros carton carré qu'il a posé au milieu du salon.

– Il me semblait que l'idée, c'était de vider l'appartement, a fait remarquer maman, pas de le remplir.

– Ne t'inquiète pas, chérie. Ce n'est qu'une location, a dit papa.

– Une location ? a répété maman.

– Chérie, a dit papa en toussotant, je sais que c'est contraire à tous nos principes éducatifs. Mais il faut savoir vivre avec son temps quand les événements l'exigent...

– Les événements ? a répété maman. Quels événements ?

Sans répondre, papa a ouvert le carton et en a sorti avec précaution…

– Une télé ! a beuglé Jean-A. en tombant à genoux.

Je n'en croyais pas mes yeux. C'était bien une télévision ! Un petit poste ventru avec une double antenne télescopique comme celle de M. Bertholin dans l'immeuble d'en face.

– C'est le plus beau jour de ma vie ! a murmuré Jean-A. On va pouvoir regarder Rintintin !

– Nicolas et Pimprenelle ! a dit Jean-D.

– La Piste aux étoiles ! a dit Jean-C.

– Une minute, a dit papa. Je n'ai pas loué ce téléviseur pour vous laisser vous abrutir devant des émissions stupides…

– Pour quoi, alors ? a demandé Jean-A. très déçu.

– ... Pour vous permettre, mon garçon, d'assister à un événement qui entrera bientôt dans vos livres d'Histoire !

– Jean-A. va essuyer la vaisselle à ma place ? a suggéré Jean-C.

- Mieux encore, a dit papa. Cette nuit, en direct à la télévision, nous pourrons voir le premier homme marcher sur la Lune !

On était le 21 juillet 1969.

Je me rappellerai toujours cette nuit-là.

On était assis en rond, tous les huit, dans le salon de notre appartement de Cherbourg. Dehors, la pluie tombait, il faisait noir, avec juste l'écran de notre petite télé de location à antennes télescopiques qui luisait dans la pénombre... Et pendant ce temps-là, tout là-haut, au-dessus de nos têtes, une mission spatiale était en train de se poser sur la Lune...

C'était magique, un peu comme de lire une bande dessinée de science-fiction en sachant que l'histoire qu'elle raconte est vraiment en train de se dérouler.

Comme c'était une vieille télé, l'image n'était pas très bonne, avec des bandes verticales qui défilaient et plein de petits points blancs qui traversaient l'écran en tout sens.

– Est-ce qu'il neige, sur la Lune ? a demandé Jean-D.

– Non, a dit papa en bougeant les antennes télescopiques. C'est la retransmission. Vous vous rendez compte, tous ces milliers de kilomètres que l'image doit franchir à travers l'espace pour apparaître dans cette petite boîte ?

Jean-E. s'était posté près de la fenêtre et braquait sur la Lune les jumelles de Jean-A.

– Ze vois les cozmonautes ! il a crié. Ils zarrivent !

– On ne peut rien voir d'ici, banane ! a ricané Jean-A.

A mesure que l'heure fatidique approchait, on était tous au comble de l'excitation. C'était la première fois qu'on faisait une soirée télé. Sauf que la seule chose qu'il y avait à regarder, c'était des bandes en noir et blanc qui se poursuivaient sur l'écran…

– Ils vont m'entendre, au magasin de location ! tempêtait papa en tortillant les antennes dans tous les sens. On va rater le moment historique !

Au même instant, l'image est apparue.

On a tous poussé un cri en découvrant la capsule, posée sur la Lune comme un gros insecte de métal tout hérissé d'antennes. Autour, on aurait dit un désert glacé. Tout était immobile, figé.

– C'est ça, la Lune ? a demandé Jean-D. un peu déçu. Je croyais que c'était un croissant.

– Pourquoi pas une brioche ? a ricané Jean-A.

– Chut ! a fait maman en installant Jean-F. confortablement sur ses genoux.

Puis la porte de la capsule *Apollo* s'est ouverte, et Neil Armstrong, le chef de la mission, est apparu sur l'écran qui tremblotait.

Il bougeait si lentement qu'on aurait dit une grosse chenille s'extirpant de son cocon. A cause de la visière de son casque, on ne voyait pas son visage. Il portait une tenue molletonnée de cosmonaute, un peu comme les pyjamas de Jean-F., des chaussures plombées mais pas de désintégrateur laser, ce qui, d'après François Archampaut, est très risqué quand on part pour une mission spatiale.

– Il ne risque rien, banane, a fait Jean-A. Y a pas de Martiens sur la Lune.

– Et les Luniens, alors ? a dit Jean-C.

– Chut ! a dit papa. Le moment est historique.

Le cosmonaute a commencé à descendre l'échelle de la navette au ralenti, à cause de l'apesanteur, comme un scaphandrier à l'entraînement dans le grand bain de la piscine municipale.

Parvenu au dernier échelon, il a sauté, toujours au ralenti. Quand ses semelles plombées ont touché la poussière lunaire, on aurait dit qu'elles se posaient sur un oreiller de plumes un peu mou et qu'il allait rebondir.

Un instant, il est resté planté là, jambes écartées, comme s'il attendait que des milliers de photographes saluent son exploit. Puis il a dû se rappeler que ce n'était pas possible, vu qu'il était le premier homme à se poser sur la Lune. Alors il a fait un pas, tanguant d'avant en arrière comme un culbuto, avant de déplier le drapeau qu'il portait à la main et de le planter dans le sol lunaire à la façon d'un alpiniste parvenu au sommet d'une montagne inaccessible...

– Bzzrrrr… Scrouitch ! a fait la télévision.

Des bandes ont traversé l'écran en tout sens et l'image s'est brouillée définitivement.

C'était fini. L'astronaute Neil Armstrong venait de marcher le premier sur la lune.

– Les enfants, a résumé Papa qui a le sens des formules dans les grandes occasions, c'était un petit pas pour l'homme, mais un pas de géant pour l'humanité..

Cette nuit-là, j'ai eu du mal à m'endormir.

Jean-A. aussi, mais lui, c'est parce qu'il s'était relevé en cachette pour regarder la télé. Comme il était très tard, les émissions étaient finies, il n'y avait plus que la mire de l'ORTF au milieu de l'écran, une bête horloge égrenant les secondes.

– Et alors ? il a dit. Pour une fois qu'on a la télé, autant en profiter jusqu'au bout.

Dans l'appartement, tout le monde dormait à part nous. Il avait cessé de pleuvoir et la lumière de la lune entrait par les fenêtres, pâle et un peu inquiétante.

Est-ce que les astronautes dormaient, là-haut, dans leur navette spatiale ? Est-ce qu'ils regardaient eux aussi la télé, comme Jean-A. ?

Je me suis promené dans les pièces désertes au ralenti en essayant de rebondir, me demandant quel effet ça me ferait, quand je serais grand, d'être le premier homme à poser le pied sur Mars.

– Allô la Terre, me recevez-vous ? baragouinait Jean-A. dans sa main comme s'il était assis devant un écran de contrôle. Ici la navette Apollo... Me recevez-vous ?

– Cinq sur cinq, a dit papa en surgissant en pyjama.

Les gifles sont parties comme des fusées.

Papa a dit que, puisque c'était comme ça, il rapporterait dès le lendemain la télé au magasin de location et on a filé se coucher sans demander notre reste.

En fait, rien n'avait vraiment changé depuis que l'homme avait marché sur la Lune. Dans une semaine, on allait quitter Cherbourg.

Pourtant, c'est drôle, je n'avais plus peur soudain de déménager.

Qu'est-ce que c'est que quelques centaines de kilomètres comparé aux années-lumière qui m'attendaient quand je serais astronaute, filant dans un bolide galactique ultra rapide et envoyant à travers l'espace des messages codés à François Archampaut ?

Le déménagement

– Jour J, a dit papa ce matin-là en faisant irruption dans notre chambre. Tout le monde sur le pont.

D'habitude, il faut qu'il revienne plusieurs fois pour nous réveiller, Jean-A. et moi. Mais cette fois-ci, on a sauté du lit avant même qu'il ajoute : « Ca sent le fauve, là-dedans ! », et on a filé à la salle de bains.

– Je compte sur vous, les garçons, a dit papa. Nous avons une dure journée devant nous. Alors de l'ordre et de la discipline !

Ce qui est bien, les jours de déménagement, c'est que personne ne pense à vérifier si on s'est bien lavé les dents. Maman s'occupait de Jean-F.,

papa réveillait les moyens, alors on a poussé le verrou de la salle de bains, ouvert l'eau à fond et on s'est assis sur le rebord de la baignoire en commençant les bandes dessinées que papa nous avait achetées pour le voyage.

– Vous avez bientôt fini ? a lancé papa à travers la porte.

– Argg-gle-gle-gleu ! a répondu Jean-A. en faisant semblant de se gargariser.

Puis il a attendu que papa s'éloigne, a entrebâillé la porte et a craché toute l'eau sur les moyens qui attendaient leur tour en pyjama.

– Papa, les grands lisent leurs bandes dessinées au lieu de se laver ! a rapporté Jean-C.

– Jean-C. veut se laver les dents avec une brosse à chaussures ! s'est défendu Jean-A.

Au moment où papa se ruait sur Jean-A. et Jean-C, on a sonné à la porte : c'était les déménageurs.

– C'est bien ici, le déménagement pour Toulon ? a demandé le chef d'équipe.

– Oui, pourquoi ? a dit papa.

– Pour rien, a dit le chef en nous découvrant tous assemblés en pyjamas à rayures, trempés et les cheveux hérissés sur la tête. J'ai cru un instant être tombé au beau milieu d'une bataille d'eau..

– Ne vous inquiétez pas, a dit papa. Tout est prêt... Enfin, presque.

C'est le moment qu'a choisi Jean-E. pour débouler à fond sur son tricycle. Les bagages pour les vacances étaient préparés dans l'entrée, avec des étiquettes « Ne pas emporter » pour que les déménageurs ne se trompent pas. Jean-E. a tenté de les éviter, mais comme il était en chaussettes, il n'a pas pu freiner et est allé s'encastrer dans la chaise haute de Jean-F.

Papa l'a attrapé par le fond de son pyjama.

– Je vais t'apprendre à faire du vélo dans l'appartement ! il a dit en le secouant comme un prunier.

– Zé raté mon viraze ! a zozoté Jean-E. C'est pas ma faute !

– C'est vrai : ce n'est pas de sa faute, a répété le chef des déménageurs.

– Comment ça, pas de sa faute ? s'est étranglé papa.

– A cet âge, a dit le chef, c'est toujours les parents qui sont responsables. Pas vrai, vous autres ?

– Sûr, ont fait les déménageurs en hochant la tête. Ce n'est pas de sa faute…

– Vous voyez bien, a dit le chef. Et puis, fesser un enfant, c'est toujours un constat d'échec pour les parents.

– Merci de vos conseils, a dit papa, mais je vous prierai de ne pas vous mêler de nos principes éducatifs !

Le chef des déménageurs mesurait au moins deux mètres de large, avec des muscles qui débordaient partout de sa salopette. Papa est très fort lui aussi, mais comme les déménageurs étaient trois, il n'a pas voulu se montrer impoli en insistant davantage.

– Très bien, il a dit en reposant Jean-E. sur le sol, mais ce petit sacripant ne perd rien pour attendre…

Il a laissé maman s'occuper des déménageurs et il est descendu charger la voiture en jurant que c'était bien la dernière fois qu'il partait en vacances un jour de déménagement.

Le problème, c'est la voiture. Comme les bagages ne tiennent pas tous dans la malle, à cause des affaires de Jean-F., il faut en mettre sur la galerie. C'est toujours quand il a fini de sangler la bâche qui les protège de la pluie que papa s'aperçoit qu'il a oublié une valise et qu'il faut tout recommencer.

En plus, avec les déménageurs qui monopolisaient l'ascenseur, il devait faire tous les étages à pied. A voir sa tête s'allonger à chaque voyage, on a vite compris qu'on avait intérêt à se tenir à carreau si on ne voulait pas finir aux Enfants de troupe.

A un moment, il a voulu donner un conseil aux déménageurs qui démontaient les lits superposés de nos chambres. Papa est très fort en bricolage. C'est lui qui avait démonté les meubles de la cuisine, mais il doit avoir une technique bien à lui parce que quand le chef des déménageurs a vu le travail, il s'est gratté la tête et a dit :

– Il y a eu une attaque nucléaire par ici récemment ?

– Non, a dit papa fièrement. Ce sont des meubles de cuisine suédois. Je m'en suis occupé moi-même.

– Ah bon, a dit le chef. Alors j'espère que vous avez gardé la notice pour les remonter, parce que ça va pas être de la tarte, c'est moi qui vous le dis.

Heureusement que maman avait tout préparé à l'avance, parce que les déménageurs n'avaient pas l'air d'être pressés. Papa ne cessait de regarder sa montre, et quand ils se sont arrêtés pour s'asseoir sur les caisses du salon, j'ai cru que papa allait s'étrangler.

– C'est une grève ? il a dit.

– Non, un casse-dalle, a dit le chef en mordant dans un énorme sandwich au cornichon.

– A cette heure-ci ? a dit papa. Mais vous venez à peine de commencer !

– C'est syndical, a dit le chef.

– Et de retarder une famille de six enfants qui s'apprête à faire une longue route pour partir en vacances, c'est aussi syndical ? a dit papa en tentant de garder son calme.

– Avantage acquis, a dit le chef en haussant les épaules. Vous n'auriez pas une petite bière ?

– Laisse, chéri, a dit maman. De toute façon, c'est l'heure du biberon de Jean-F.

– Si on jouait à cache-cache ? a proposé Jean-C. quand les déménageurs ont repris le travail.

– D'accord, a dit Jean-A. qui veut toujours commander, mais c'est moi qui compte.

– Non, c'est moi, a dit Jean-D.

– Tu sais même pas compter jusqu'à cent, banane, a ricané Jean-A.

– Et toi tu triches toujours, a dit Jean-C.

– On tire au sort, j'ai dit.

– Moi aussi, ze veux zouer à cache-cache ! a zozoté Jean-E.

On s'est marré comme des baleines.

Débarrassé de ses meubles, l'appartement semblait plus grand, plein d'endroits inconnus, de placards vides, de recoins entre les caisses où se glisser. Papa et maman étaient occupés avec les déménageurs, on pouvait chahuter et se faire des croche-pieds, poursuivis par Jean-E. en danseuse sur son tricycle qui hurlait à tue-tête :

– C'est pas du zeu ! Attendez-moi !

Jean-A., qui triche tout le temps, nous trouvait à chaque fois. Jean-D. a profité qu'il était caché avec lui dans le cagibi du placard à balais pour lui mordre la fesse, alors Jean-A. lui a filé une beigne. Il s'est mis à hurler, Jean-C. les a trouvés, alors Jean-A. lui a filé une beigne à lui aussi.

– A moi de compter maintenant, j'ai dit pour les mettre d'accord.

– Tu ne me trouveras jamais ! a dit Jean-C. Je suis l'homme invisible !

– Non, c'est moi, a dit Jean-D.

Ils ont tous filé se cacher pendant que je commençais à compter.

J'en étais à vingt-cinq quand maman a crié :

– Les enfants ! Les déménageurs ont fini ! C'est l'heure de partir !

Juste quand c'était mon tour et qu'on commençait à bien s'amuser... J'ai rejoint papa et maman dans l'entrée en râlant pour dire au revoir aux déménageurs.

– Félicitations, ma petite dame, a dit le chef. Déménager avec six enfants, ça n'est pas de la tarte !

– Bah, a dit maman. Il suffit d'un peu d'organisation.

– Et encore, a dit papa, vous n'avez pas vu les six autres...

– Les six autres ? a répété le chef. Vous avez douze garçons ?

– Je les commande par deux dans une centrale d'achat, a dit papa très sérieusement.

– Vous rigolez ? a dit le chef en sortant à reculons.

– Non, non, a dit papa. C'est moins cher qu'à l'unité...

– Chéri, a dit maman, je ne suis pas sûre que ces messieurs partagent ton sens de l'humour.

Elle devait avoir raison, parce qu'au regard que les déménageurs nous ont lancé en montant dans l'ascenseur, on aurait dit qu'ils quittaient une maison de fous.

– Et voilà le travail, a dit papa. Tout s'est bien passé, finalement. Ce n'était vraiment pas la peine de s'en faire une montagne à l'avance.

Ça faisait quand même drôle de penser qu'on ne reviendrait plus jamais ici. Maman a fait un dernier tour dans l'appartement vide, histoire de vérifier qu'on n'avait rien oublié. Puis elle a pris Jean-F. dans les bras, papa les derniers bagages, nous nos bandes dessinées, et papa a fermé la porte à clef pour la dernière fois…

– Au revoir, Cherbourg, il a dit. Et merci. On a été heureux ici tous les huit…

– Au revoir, Cherbourg, on a répété.

Mais c'était comme si on avait tous eu une sorte de chat dans la gorge.

– Et maintenant, a ajouté papa, en route pour les vacances ! Hip hip hip…

– Hourra ! on a crié tous en chœur.

Enfin, tous… Pas exactement. C'est seulement quand on est montés dans la voiture qu'on s'est aperçu que Jean-C. n'était pas avec nous.

– Comment ça, Jean-C. a disparu ? s'est étranglé papa. Il a dû rester là-haut !

- Impossible, a dit maman. J'ai fait le tour de l'appartement.

- Il n'a pas pu disparaître comme ça !

– Oh, avec Jean-C., tout est possible, a dit maman.

– Si on partait sans lui ? a proposé Jean-A. Ça fera plus de place dans la voiture.

Papa s'est retourné vers lui, blanc comme un linge.

Inutile de s'énerver, chéri, a dit maman. Réfléchissons. Il ne doit pas être bien loin.

– Je crois que je sais où il est, a dit alors Jean-D. d'une toute petite voix.

Moi aussi, je commençais à avoir ma petite idée. Mais comme c'est toujours sur nous que ça retombe, j'ai préféré laisser parler Jean-D.

– On jouait à cache-cache, il a expliqué. J'ai vu Jean-C. entrer dans l'armoire du salon…

Papa et maman se sont regardés.

– Mais alors.. a commencé papa.

– Chéri, a dit maman très calme, je crois qu'il faut rattraper au plus vite le camion de déménagement.

Papa a émis une sorte de mugissement en regardant sa montre

– Mais ce n'est pas du tout la route qui va chez tes parents !

– J'ai peur que tu doives renoncer à ta moyenne, a dit maman.

Je crois qu'on n'est jamais partis en vacances aussi vite.

On se serait crus dans la DS 19 supersonique de François Archampaut. Les mains crispées sur le volant, papa conduisait sans un mot, fixant la route comme s'il s'attaquait au record du tour des 24 heures du Mans.

A l'arrière, on s'était faits tout petits. D'habitude, sur la route des vacances, on chante, on se dispute, on vomit les uns apres les autres et papa est obligé de s'arrêter en catastrophe tous les dix kilomètres. Mais cette fois-ci, à voir la couleur de ses oreilles, on a tous pensé que ce n'était pas le moment d'avoir mal au cœur.

- Vous croyez qu'on va le retrouver ? a demandé timidement Jean-D.

Personne ne lui a répondu.

Il nous a fallu pres de deux heures pour rattraper le camion de déménagement. C'est Jean-E. qui l'a vu le premier.

– Les déménazeurs ! Les déménazeurs ! il a crié.

Par chance, le camion était dans une station service en train de faire le plein. Papa a pilé net. Arrêtant la voiture, il s'est rué dehors et tout le monde l'a suivi.

– Qu'est-ce que vous faites là ? a demandé le chef éberlué en nous reconnaissant tous les sept.

– Une légère méprise, a fait papa. Vous allez rire...

– Ça m'étonnerait, a dit le chef.

– Voilà, a commencé papa. Mes fils jouaient à cache-cache et le troisième a eu la malencontreuse idée de... de... Enfin, qu'importe. Je vais vous demander d'avoir l'extrême obligeance de bien vouloir ouvrir immédiatement la porte de ce camion.

– Impossible, a fait le chef.

– Impossible ? a répété papa. Et pourquoi donc ?

– C'est syndical, a dit le chef. Interdiction d'ouvrir jusqu'à Toulon.

– Très bien, a dit papa sans se démonter.

Retournant à la voiture, il a ouvert la malle, en a sorti quelques valises pour atteindre le cric et il est revenu avec jusqu'au camion.

– Qu'est-ce que vous faites ? a demandé le chef.

– Je libère mon fils ! a dit papa en faisant sauter le cadenas.

Heureusement, les meubles du salon avaient été chargés en dernier. Ils étaient retenus par des sangles, avec des couvertures pour les protéger des chocs, mais papa n'a pas eu à chercher bien longtemps.

Le plus étonné, ça a été Jean-C. quand papa a ouvert la porte de l'armoire.

Pelotonné à l'intérieur, il était en train de compter à mi-voix comme s'il était encore caché dans le salon de Cherbourg :

– Six millions sept cent trente-trois mille quatre cent cinquante-quatre… Six millions sept cent trente-trois mille quatre cent cinquante-cinq…

À la façon dont papa l'a extrait de sa cachette par le fond de son pantalon, il a compris qu'il se passait quelque chose. Suspendu à vingt centimètres au-dessus du sol, il gigotait comme un poisson au bout d'une ligne, les yeux ronds et l'air complètement ahuri.

– Où suis-je ? il a bégayé. Qu'est-ce qui se passe ?

– J'attends des explications, a fait papa en le secouant comme un prunier.

– On jouait à l'homme invisible, a bredouillé Jean-C.

– L'homme invisible ? a répété papa. Quand j'en aurai fini avec toi, tes fesses seront tellement rouges qu'on pourra les voir depuis la Lune !

– C'est pas ma faute ! a protesté Jean-C. en gigotant de plus belle. C'est Jean-B. ! Il devait compter jusqu'à cent !

– C'est vrai, a dit le chef des déménageurs. Ça n'est pas de sa faute.

– Vous, je vous prierai de vous mêler de vos affaires ! a dit papa.

– D'abord, Jean-B. triche tout le temps quand on joue à cache-cache, a dit Jean-A.

– Et qui a eu l'idée géniale de lancer une partie de cache-cache en plein déménagement ? a demandé maman.

– C'est Jean-A., a dit Jean-D. Nous, on voulait pas, mais il nous a forcés.

– C'est même pas vrai ! a dit Jean-A.

– Si, c'est vrai ! a dit Jean-C., toujours suspendu au-dessus du sol par la poigne de papa. Et si

Jean-B. n'avait pas triché, jamais vous ne m'auriez découvert !

– Est-ce que tu te rends compte que tu as failli te retrouver tout seul dans un garde-meuble à Toulon ? a rugi papa.

– Avec des rats qui t'auraient grignoté les orteils ? a ricané Jean-A.

– C'est décidé, a dit papa. Je vous expédie tous aux Enfants de troupe !

– Ne nous emballons pas, a dit maman qui sentait que ça tournait au vinaigre. Après tout, Jean-C. est sain et sauf, c'est l'essentiel…

– Tu as vu l'heure ? a protesté papa. A cause de ce petit scélérat, nous ne serons jamais chez tes parents avant la nuit !

– Dites, a fait le chef des déménageurs. Je ne veux pas me mêler de ce qui ne me regarde pas, mais on a du chemin à faire, nous aussi, et c'est vous qui paierez le retard.

– Comment ça, c'est nous qui paierons le retard ? a explosé papa en lâchant Jean-C.

– C'est syndical, a dit le chef.

– Les enfants, a dit maman, très calme, je crois qu'il vaudrait mieux que vous remontiez tous en voiture.

Quand papa a eu fini de s'expliquer avec le chef des déménageurs, il s'est rassis sans un mot au volant. Il a passé une vitesse, a fait demi-tour sur les chapeaux de roue au milieu de la station-service et, toujours sans un mot, a repris la route dans l'autre sens.

Dans la voiture, on aurait entendu une mouche voler.

– Eh bien, a essayé maman un peu plus tard. Finalement, tout est bien qui finit bien. N'est-ce pas, chéri ?

Papa s'est tourné vers elle .

– La prochaine fois qu'on doit déménager et partir en vacances chez tes parents, il a dit, rappelle-moi de me casser une jambe, chérie.

Super-Jean

Dans la famille, on n'a pas beaucoup d'imagination. Mon grand-père aussi s'appelle Jean, et ma grand-mère Mamie Jeannette.

Jean-A., qui achète des B.D. en cachette avec son argent de poche, a trouvé un surnom pour Papy : Super-Jean, comme les héros de ses magazines préférés. Comme on n'a pas beaucoup d'argent de poche, Jean-A. ne prend que ceux où il y a une page sur deux en couleur. Il dit que « super » est un mot latin qui veut dire « le plus grand » et que ça l'aide pour ses études de lire ses B.D. pourries.

La vérité, c'est que Jean-A. se prend pour Superman parce qu'il a des lunettes, comme Clark Kent. Moi, pour rigoler, je l'appelle « Super-Banane », on commence à se taper dessus, mais ça c'est une autre histoire…

– Tu peux pas comprendre, ricane Jean-A., parce que tu es en primaire. « Super-Jean », ça veut dire « l'aîné des Jean », pas que Papy saute des gratte-ciels avec une cape…

L'année dernière, Papy Jean et Mamie Jeannette ont eu une idée géniale : acheter une grande maison à la campagne où ils pourront nous inviter.

– Rien de tel pour des enfants que le bon air de la nature, a dit Mamie Jeannette qui a très peur des microbes et qui veut toujours qu'on se lave les mains au moins dix fois par jour.

– Et puis comme ça, a dit Papy Jean, toute la petite tribu aura un lieu où passer des vacances saines et familiales.

Maman déteste les vacances à la campagne. Papa aussi, mais c'est parce qu'il faut qu'il supporte les parents de maman. Surtout Mamie Jeannette…

– Pas question de lui raconter l'incident avec Jean-C., a dit papa juste avant qu'on arrive. Ça ferait trop plaisir à ta mère.

Maman s'est tournée vers nous pour nous donner les dernières recommandations.

– Premièrement, pas de chahut pendant la sieste. Deuxièmement, défense absolue de sauter sur les lits. Troisièmement, le premier qui mange son poulet avec les doigts aura affaire à moi… C'est bien compris ?

– Trop génial, a grincé Jean-A. dans sa barbe. Ça va être des super vacances…

– Papy et Mamie sont d'une autre génération, a continué maman. Je compte sur vous pour vous tenir comme il faut.

– Ta mère serait trop heureuse de critiquer nos principes éducatifs, a marmonné papa à son tour.

– Pardon ? a dit maman.

– Rien, a dit papa.

– J'ai cru que tu étais injuste avec mes parents, a dit maman. Après tout, ils ont acheté cette maison pour nous.

– Cette ruine ? a dit papa en franchissant la grille pour se garer devant la maison. A mon avis, ils ne l'ont pas achetée : on les a payés pour la prendre !

– Tu es injuste, a dit ma mère en faisant elle aussi la grimace. C'est en plein jour qu'il faut voir la maison.

– Si elle ne s'effondre pas d'ici là, a ricané papa. En tout cas, chérie, ne compte pas sur moi pour tenter de retrouver ta mère dans les décombres…

Comme il faisait nuit à notre arrivée, à cause de Jean-C., on s'est couchés presque aussitôt pour être en forme le lendemain.

Mamie Jeannette nous avait installés tous les cinq dans une grande chambre glaciale, avec trois lits recouverts d'énormes édredons. Comme il n'y avait qu'un seul lit à une place, on a commencé à se chamailler pour l'avoir, mais Mamie Jeannette avait tout décidé d'avance : je dormirais avec Jean-A., Jean-C. avec Jean-D. et Jean-E. prendrait le lit individuel.

– D'accord, a ricané Jean-A. dès qu'elle a eu quitté la chambre. Puisque c'est comme ça, la guerre des pieds est déclarée.

Je déteste dormir dans le même lit que Jean-A. Il essaie toujours de me mettre ses pieds dans la figure et de prendre toute la place. Alors je contre-attaque en lui collant sous le nez mes chaussettes sales, et forcément ça dégénère…

– Malheur à toi, Super-Banane ! j'ai dit en me jetant sur lui.

Pendant ce temps, Jean-C. et Jean-D. sautaient à pieds joints sur leur lit pour jouer au premier homme à marcher sur la Lune.

Scrouintch ! scrouintch ! scrouintch ! Les matelas de Mamie Jeannette étaient si épais et rebondissaient tellement bien qu'on s'est mis à faire la même chose, Jean-A. et moi. Jean-E. a voulu s'en mêler lui aussi, alors Jean-A. a eu une idée :

– Et si on disait qu'on est des naufragés galactiques obligés de sauter de planète en planète ?

– D'accord, a dit Jean-C. Mais c'est moi qui commence.

– Attention, j'ai dit. Celui qui rate son coup tombe dans l'espace et on ne retrouvera pas son corps avant des années-lumière.

– Moi aussi ze veut zouer ! a zozoté Jean-E.

– Non, a dit Jean-D. Toi, tu es trop petit pour être cosmonaute volant. Reste dans la navette et préviens-nous si les Luniens arrivent, d'accord ?

– Et si on éteignait les lumières ? j'ai dit. Ce sera plus drôle dans le noir.

– « C'est un petit pas pour l'homme », a dit Jean-A. en prenant son élan, « mais un bond de géant pour l'humanité ! »

Et il a sauté. Comme les lits étaient séparés d'au moins trois mètres, il fallait vraiment décoller pour éviter de tomber dans le vide sidéral. Jean-A. a dû mal mesurer la distance parce qu'il s'est mis à pédaler en l'air avant de piquer du nez et de s'écraser comme un yaourt nature sur la descente de lit.

Splatch ! Un petit pas pour l'homme, mais un pas de nain pour l'humanité, j'ai ricané avant de prendre mon élan à mon tour.

Ça a été une super partie de rigolade. On avait l'impression de flotter en apesanteur, avec les matelas qui faisaient scrouintch ! scrouintch ! et les édredons épais de Mamie Jeannette pour amortir les chocs.

Heureusement qu'on avait laissé Jean-E. en surveillance. Quand papa est entré dans la chambre pour vérifier qu'on dormait, on était tous innocemment enfouis dans nos oreillers, les yeux fermés mais le cœur cognant à cent à l'heure.

– Les pauvres petits, a murmuré papa en nous regardant dormir avec attendrissement. Le voyage les a éreintés.

– Rien de tel qu'une bonne nuit à la campagne pour remettre tout ce petit monde d'aplomb, a dit Mamie Jeannette. Vous savez, avec les enfants, il suffit d'un peu de bon sens et de quelques principes éducatifs.

– Oui, belle-maman, a dit papa avec résignation en refermant doucement la porte.

Ce n'est qu'au matin qu'on a découvert notre nouvelle maison de vacances : une enfilade de pièces au parquet glacé sous les pieds, avec des fenêtres si hautes que papa avait dû monter sur un escabeau pour fermer les volets de notre chambre. Après la nôtre, il y avait celle de mes parents et de Jean-F. De l'autre côté, une entréebibliothèque, avec une petite cheminée et du papier peint qui se décollait par bandes, comme si des fantômes s'étaient amusés à se glisser derrière.

Il y avait aussi un salon avec des parquets qui craquent et de gros fauteuils sous des housses, un immense débarras plein de meubles au rebut, d'autres pièces inutilisées, des cagibis, des recoins pleins de poussière et qui sentaient le renfermé.

Maman, en arrivant, avait éternué aussitôt et passé un doigt soupçonneux sur les meubles pour savoir où poser son sac.

Maman déteste la poussière, les odeurs et les vieilles maisons de campagne.

La nuit, c'est vrai, les choses paraissent toujours sinistres et un peu inquiétantes. Mais ce matin-là, un beau soleil filtrait à travers les volets quand on s'est levés, Jean-A. et moi.

Les moyens dormaient encore. Papy Jean nous attendait dans la cuisine où il avait allumé la cuisinière à bois et préparé d'énormes tartines de pain grillé.

– Alors, mes grands, il a dit, vous avez bien dormi ?

– Super, a dit Jean-A. Sauf que Jean-B. n'arrête pas de ronfler et de me mettre les pieds dans la figure.

– C'est même pas vrai, j'ai dit.

– Si on déjeunait entre hommes ? a proposé Papy Jean.

Moi, j'adore Papy Jean. Avec lui, on a le droit de boire du café au lait et de tremper nos tartines dedans. Il avait sorti du miel, des pots de confiture du jardin et un bol de petites prunes jaunes qui donnent la colique si on en mange trop.

– Est-ce que quelqu'un veut du jambon ? il a demandé. Des œufs à la coque ? Je suis allé les chercher tout frais à la ferme d'en face. A votre âge, c'est important de bien manger le matin.

En fait, on aurait dit un goûter du Club des Cinq, pas un petit déjeuner. Quand on a eu fini de se goinfrer, Papy Jean nous a emmenés au petit cagibi sous l'escalier, là où il range les bottes en caoutchouc. Elles étaient tellement grandes qu'on pouvait les enfiler en gardant nos chaussons aux pieds. On a choisi chacun notre paire, et Papy Jean a dit :

– Venez. Puisque vous êtes les premiers réveillés, je vais vous montrer quelque chose.

On est sortis avec lui par la petite porte vitrée de la cuisine.

L'herbe était couverte de rosée, avec des nappes de brume qui flottaient dans les champs. On a contourné la maison avec nos bottes qui couinaient et on est entrés dans le hangar où Papy Jean range son tracteur.

– Ne faites pas de bruit, il a dit en mettant son doigt sur sa bouche.

Il s'est approché d'un tas de planches adossées au mur, en a retiré une avec précaution et nous a fait signe de nous pencher.

Derrière, il y avait une caisse pleine de chiffons. Et, dessus, une petite chatte très maigre, couleur caramel, qui nous regardait en allaitant deux minuscules chatons à peine gros comme des bogues de marron !

– Ils ne sont pas beaux ? il a dit. Comme ils sont noir et blanc, comme la télévision, je les ai appelés Première et Deuxième Chaîne... Vous ne trouvez pas que ça leur va bien ?

C'était un drôle de nom pour des chatons, j'ai pensé, mais ils étaient si mignons qu'on avait envie de les prendre dans la main et de souffler dessus pour les réchauffer.

– Ils sont trop petits encore, a expliqué Papy Jean en remettant la planche qui les cachait. Ils ont encore besoin de leur mère, mais d'ici à la fin des vacances, vous pourrez jouer avec eux, je vous le promets.

Papy Jean adore les animaux, comme moi. Seulement moi, maman ne veut pas que j'en aie à la maison. Elle dit que ça fait des saletés partout et qu'elle a bien assez à faire avec six garçons pour ne pas s'encombrer en plus d'une ménagerie.

– Elle a raison, a dit Papy Jean. Les animaux ne sont pas faits pour vivre dans un appartement. Ils ont besoin d'espace et de liberté, sinon c'est comme s'ils étaient en prison. Ils s'ennuient, deviennent tristes et finissent par mourir.

A Cherbourg, on a quand même eu des souris blanches, un canard fétiche chez les scouts et même, pendant une journée, un chien secret que j'avais appelé Dagobert et que papa avait fini par ramener au refuge de la SPA.

Un chenil, c'est un peu comme une prison pour chien. Est-ce que Dagobert a été plus heureux là-bas qu'avec moi qui l'adorais ? j'ai demandé à Papy Jean.

– En plus, j'ai ajouté, dans mon Album des Jeunes, ils disent qu'avoir un animal est important pour le développement affectif des jeunes enfants.

– Pourquoi ne pas en reparler à votre maman quand vous serez à Toulon ? a suggéré Papy Jean d'un air malicieux. Peut-être que si vous avez une maison…

Il nous a aussi emmenés dans son établi pour nous montrer une tourterelle qu'il avait recueillie. Comme elle s'était cassé une patte, il lui avait fabriqué une petite attelle avec deux allumettes. Lorsqu'on est entrés, elle a reconnu Papy Jean et s'est mise à sautiller en tout sens dans sa cage.

– Je l'ai appelée Long John Silver, a dit Papy Jean. Comme le pirate à la jambe de bois de *L'Île au trésor*. Qui veut lui donner des graines ?

– On pourra lui donner aussi des vers de terre pour la pêche ? a demandé Jean-A.

– Bien sûr, a dit Papy Jean. C'est plein de calcium et ce sera très bon pour réparer sa patte.

Quand on est revenus dans la maison, tout le monde était réveillé et prenait son petit déjeuner autour de la grande table de la cuisine.

– Où étiez-vous passés ? a demandé maman en nous embrassant.

Papy Jean nous a lancé un clin d'œil.

– Je faisais faire à mes grands le tour du propriétaire, il a dit.

A son air, on a compris que les chatons Première et Deuxième Chaîne seraient notre secret, à nous les grands et à Papy Jean.

Pas question d'en parler aux moyens, ni à papa et maman. De toute façon, ils avaient l'air d'avoir mal dormi et se grattaient sans arrêt... C'est le moment qu'a choisi Jean-F. pour piquer une colère parce que Mamie Jeannette avait eu l'idée de remplacer dans son biberon le lait en poudre par du bon lait de ferme avec des peaux.

– C'est pourtant bien meilleur pour la santé, a dit Mamie Jeannette qui oublie toujours que papa est très fort comme médecin.

– Euh, bien sûr… Merci, belle-maman, a fait papa d'un air vaincu.

Comme il n'y a pas encore de salle de bains dans la maison, Papy Jean avait installé un tuyau d'arrosage et un bac dans la remise du fond. On y a défilé l'un après l'autre, mais il était impossible de tricher : Mamie Jeannette, qui est très stricte avec l'hygiène, nous surveillait depuis la porte avec d'immenses serviettes en papier de verre pour nous frictionner après parce que l'eau était glacée.

– C'est excellent pour fouetter le sang ! elle a dit à Jean-A., tout bleu, qui grelottait tellement qu'il n'arrivait même plus à enfiler son pantalon. N'est-ce pas, mon grand ?

– Gla-gla-gla ! a répondu Jean-A.

– Pardon ? a dit Mamie Jeannette.

– Gé... éé... ni... al ! a grelotté Jean-A.

On y est tous passés, en file indienne, sauf Jean-F. qui est trop petit, et puis Mamie a dit :

– Maintenant que vous voilà tous récurés, allez jouer dehors, les enfants, et profitez bien du bon air !

Papa aidait déjà Papy Jean à bricoler dans le jardin.

Papa adore le bricolage. Monté sur une échelle, il repeignait la grille quand Jean-E. est arrivé comme une fusée sur son tricycle. Il a tenté de freiner, mais à cause du sable de l'allée, le tricycle a dérapé, et pan ! en plein dans l'échelle !

Papa a poussé un grand cri, le seau de peinture s'est renversé et papa s'est retrouvé suspendu à la grille par la bretelle de la salopette que lui avait prêtée Papy Jean.

Ça a fait rire tout le monde, sauf papa qui n'avait pas l'air de partager notre sens de l'humour. Papy Jean a dû monter sur l'échelle pour l'aider à se décrocher, et quand il a posé le pied à terre, on a su que ça allait barder pour Jean-E.

– Dans ta chambre, IMMÉDIATEMENT ! a dit papa.

Puis ça a été au tour de Jean-C. et Jean-D.

Papa, qui commençait à moins aimer bricoler, était en train d'aider Papy Jean à monter une clôture de fil de fer autour de la mare pour éviter qu'on tombe à l'eau. Jean-C. avait trouvé un vieux ballon crevé dans le hangar et jouait avec Jean-D. à tirer des penalties.

A un moment, le ballon est parti comme une fusée, a traversé la clôture et atterri en plein milieu de la mare, projetant sur papa une gerbe d'eau verte et de cresson.

– Dans votre chambre, IMMÉDIATEMENT ! a dit papa.

Dehors, il ne restait plus que Jean-A. et moi.

Pendant que papa aidait Papy Jean à décaper les volets du salon qui en avaient bien besoin, Jean-A. se balançait mollement sur la balançoire en râlant qu'il s'ennuyait et que de toute façon, la campagne, c'était nul.

– Y a rien à faire ici ! Il fait trop chaud et ça pue le bon air, d'abord...

La balançoire grinçait, oscillant d'avant en arrière, alors forcément Jean-A. est devenu tout vert et a failli vomir dans les buissons d'hortensias de Mamie Jeannette.

– Et si on se fabriquait des lance-pierres et qu'on jouait aux Texas-rangers ? j'ai proposé.

– Génial ! a dit Jean-A. Mais c'est moi qui suis le chef !

– Pas question, j'ai dit. C'est moi qui ai eu l'idée en premier.

– Prends ça, banane ! a dit Jean-A.

– Banane toi-même, j'ai dit en lui rendant sa beigne.

– Dans votre chambre, IMMÉDIATEMENT ! a crié papa.

C'est comme ça qu'on a passé notre première journée de vacances à la campagne consignés dans notre chambre.

En fait, ça a été une super journée.

On avait trouvé des vieux albums de Tintin qui sentaient l'humidité. Allongés sur les gros édredons, on les a tous relus les uns après les autres, même Jean-E. qui ne sait pas lire et qui regardait juste les images. On avait beau les connaître par cœur, ça n'était pas pareil que d'habitude : autour de nous, il y avait la grande maison fraîche, les craquements du parquet, le parfum d'herbe cou pée qui entrait par la fenêtre...

C'était magique.

Quand on est allés dîner, on avait tous les joues cramoisies et les cheveux qui se tenaient tout droits sur la tête tellement on s'était abrutis de lecture.

– Regardez-moi ces belles mines ! a triomphé Mamie Jeannette en se tournant vers papa. Quand je vous disais que rien ne vaut le bon air de la campagne !

– Je vous prierai..., a commencé papa en cherchant une réplique cinglante.

– Pardon ? a dit Mamie Jeannette.

– De... euh... me passer le sel, il a dit avec un sourire jaune.

Après le dîner, pour finir cette bonne journée, on a fait une partie de crapette avec Papy Jean.

Pendant ce temps, au salon, papa buvait sans un mot un petit verre de liqueur avec maman et Mamie Jeannette qui parlaient tout le temps en regardant des photos. A cause du bricolage, il avait des pansements pleins les doigts et sa mine des mauvais jours. Le bon air de la campagne ne semblait pas lui réussir parce qu'à un moment, il a la tête qui est tombée toute seule, et il s'est endormi dans son fauteuil sans que maman et Mamie Jeannette ne s'arrêtent de parler.

Jean-F. était couché dans la chambre du fond, tellement loin qu'on n'aurait pas pu l'entendre s'il s'était mis à hurler. On a fait une première partie de crapette que j'ai gagnée, puis Jean-A. a triché et il a fallu redistribuer les cartes. Mais comme c'était au tour de Jean-E., il n'arrivait pas à les tenir toutes dans ses petites mains, alors Jean-D.

lui a mis un coup de pied sous la table et ça a failli dégénérer.

– Au lit, maintenant, a dit Papy Jean. Il est déjà très tard.

– On commençait juste à s'amuser ! a râlé Jean-A.

– Oui mais demain, a murmuré Papy Jean, il faudra que tout le monde soit en forme. Pas question d'en voir un seul somnoler !

– Pourquoi ? Qu'ez-qu'on va faire ? a zozoté Jean-E.

– Demain, les garçons, a dit Papy Jean en lui ébouriffant les cheveux, pendant que votre papa bricole tranquillement, je vous emmène tous à la pêche. Mais seulement si vous êtes sages…

– Hourra ! on a crié tous en chœur, ce qui a réveillé papa en sursaut.

– Quoi ? Qu'est-ce qui se passe ?

– Rien rien, a dit Papy. Puis, se tournant vers nous : Allez, tout le monde en pyjama... Et pas de jeu de singes sur les matelas cette fois.

– D'accord, on a promis, en défilant tous pour l'embrasser.

Quand ça a été au tour de Jean-A. et de moi, Papy Jean nous a retenus discrètement par la manche.

– Une minute, vous deux. Rendez-vous dans cinq minutes près de la grange. Et prenez vos lampes torches...

On l'a regardé avec des yeux ronds.

– Et Première et Deuxième Chaîne ? il a dit. Vous les avez oubliés ?

Il a baissé la voix, regardant autour de lui pour vérifier que personne ne nous entendait :

– Leur mère a besoin de reprendre des forces. Allez chercher discrètement la bouteille de lait dans le placard de la cuisine et rejoignez-moi dehors... Mais sans vous faire prendre, surtout ! Mission archi confidentielle !

– Compte sur nous, Papy, on a dit, Jean-A. et moi, avant de filer vers la cuisine.

Quelquefois, notre Papy mérite vraiment son surnom de Super-Jean !

la pêche au dinosaure

Le lendemain matin, on est partis tous les cinq dans la 4 L de Papy Jean.

Comme il fallait arriver tôt à l'étang, on a juste eu le temps d'avaler un petit déjeuner et de se débarbouiller rapidement au robinet de la cuisine, ce qui a mis tout le monde de bonne humeur.

– Les poissons n'attendent pas, a dit Papy Jean avec un clin d'œil. Et puis votre Mamie n'en saura rien...

Le temps d'enfiler nos bottes de caoutchouc, on était tous prêts en moins de temps qu'il ne faut pour le dire.

– Tu es sûr que Jean-E. n'est pas trop petit pour venir avec vous ? a demandé maman, un peu inquiète, en nous regardant sauter dans la 4 L.

– Penses-tu ! a dit Papy Jean. Je lui ai prépare une canne à pêche spéciale : une toute petite, juste à sa taille !

– Je vous souhaite bon courage, a ricané papa. Vous ne savez pas encore à qui vous avez affaire.

– Vous êtes sûr que vous ne voulez pas venir avec nous ? lui a demandé Papy Jean d'un air malicieux.

– Surtout pas ! a fait papa. Puis il s'est repris : J'aurais adoré, mais euh... pour une fois que je peux bricoler tranquillement...

Papy Jean n'a pas son pareil pour mettre de l'ambiance. On était à peine partis qu'il a sorti quelque chose de sa poche.

– Puisqu'on est entre hommes, il a dit, qui veut un chewing-gum bourré de colorants chimiques ?

– Moi ! Moi ! on a crié.

Tout le long du chemin, on a fait le plus fabuleux concours de bulles de toute l'histoire du chewing-gum ! C'était à celui qui ferait la plus grosse sans qu'elle éclate, et c'est Papy Jean qui a gagné Puis, comme il n'y avait personne sur la route, on est passé chacun à notre tour sur ses genoux et il nous a laissé tenir le volant avec lui pendant qu'il conduisait.

C'était génial. La 4 L filait au moins à trente à l'heure, avec le bruit de nos cinq cannes à pêche qui brinquebalaient joyeusement à l'arrière. Dans le coffre, il y avait aussi des hameçons et du fil de rechange, un panier d'appâts et un autre pour le pique-nique, avec des sandwiches au jambon, des bouteilles de limonade et des plaques de chocolat aux noisettes. Mes préférées : celles qui font grossir et donnent des milliers de caries si on ne se lave pas les dents sept fois par jour.

Quand on est arrivés à l'étang, Papy a préparé le matériel.

– Ce sont des cannes de compétition, il a dit. Mais attention ! J'installe un hameçon spécial et ultra résistant ! Je vous dirai pourquoi tout à l'heure...

Le problème avec la pêche, c'est les appâts. Il faut fouiller dans une boîte gluante pour y chercher des vers, en prendre un tout visqueux et gigotant entre les doigts et le piquer sur l'hameçon... Je déteste ça. C'est un peu comme mettre sa main dans du porridge froid. Pouah !

– Banane, a ricané Jean-A. devant mon air dégoûté. Tu n'as qu'à penser que c'est des nouilles trop cuites.

– D'abord, j'ai dit, les nouilles, c'est pas vivant. T'aimerais finir ta vie accroché au bout d'un hameçon, toi ?

– C'est pas pareil, a dit Jean-A. Je te parie un million de dollars que je suis capable d'avaler un ver tout cru.

– T'es pas cap, j'ai dit.

– Papy ! a rapporté Jean-C. Jean-B. est en train de forcer Jean-A. à gober un ver de terre !

– Il a raison, a dit Papy tranquillement en finissant de préparer la ligne de Jean-E. C'est plein de vitamines et ça donne les joues roses.

– Sale rapporteur ! a dit Jean-A. A cause de toi, je viens de perdre un million de dollars.

– T'étais pas cap, de toute façon, a dit Jean-C.

C'est là que j'ai eu une idée géniale.

Profitant de ce que personne ne me regardait, j'ai ouvert le panier à sandwiches, découpé un petit bout de jambon et je l'ai piqué à mon hameçon. Ça ferait un appât du tonnerre, bien plus appétissant qu'un ver. Quel poisson peut résister à un morceau de couenne bien gras ?

Rapidement, j'ai tout remis en place et j'ai rejoint les autres ni vu ni connu.

Quand tout le monde a été prêt, Papy nous a rassemblés pour vérifier notre équipement.

– Mes enfants, il a dit, si j'ai monté un hameçon spécial sur vos lignes, c'est qu'on raconte que cet étang abrite, en plus des tanches et des goujons, un bien curieux habitant...

– Un habitant ? a fait Jean-D.

– Personne ne l'a vu véritablement, a expliqué Papy, l'air grave, mais les pêcheurs d'ici prétendent qu'il s'agirait du dernier des dinosaures…

– Un dinosaure ? a répété Jean-A. en ouvrant des yeux ronds sous ses lunettes. Dans l'étang ?

– De petite taille parce que l'étang est petit, mais un dinosaure quand même, a fait Papy Jean.

– C'est quoi, un zinodaure ? a zozoté Jean-E.

– C'est une blague, j'ai dit en parcourant des yeux l'étang.

C'était une petite pièce d'eau, de la taille approximative du grand bain à la piscine municipale, bordée de touffes de roseaux et d'un grand saule pleureur. Comment un dinosaure aurait-il pu survivre ici durant des millions d'années ?

– Et le monstre du Loch Ness, alors ? a fait Jean-A. Il n'existe pas, peut-être ?

– Allez savoir, a fait Papy Jean. Personne ne l'a vu vraiment, mais tout le monde rêve de l'attraper.

– Ça aime les vers de terre, les dinosaures ? a demandé Jean-C.

– En tout cas, a dit Papy, si votre bouchon plonge brutalement, pas de panique. Appelez-moi, et j'apporterai l'épuisette...

Jean-E. a rompu aussitôt les rangs, sa petite canne fièrement posée sur l'épaule :

– C’est moi que ze va prendre le zinodaure en premier ! il a zozoté.

– Non, c’est moi, a dit Jean-D.

– Que le meilleur gagne, a conclu Papy Jean.

On a pris position tout autour de l’étang et on a lancé nos lignes.

Comme c’était la première fois qu’on allait à la pêche, Jean-D. a accroché la sienne presque tout de suite dans les branches du saule pleureur. Papy Jean a dû monter à l’arbre pour la détacher, puis ça a été au tour de Jean-C. Sa ligne s’est emmêlée à celle de Jean-E., alors il a fallu la couper et remonter sa canne entièrement.

Jean-A. et moi, on s’était mis un peu à l’écart, à l’endroit où l’étang est le plus profond.

– Tu y crois, toi, à cette histoire de dinosaure ? j’ai demandé à Jean-A. en surveillant mon bouchon.

– Tu rigoles, il a ricané. Et toi ?

– Bien sûr que non, j’ai dit en haussant les épaules. Tu me prends pour une banane ?

– Alors tais-toi, a dit Jean-A. Tu fais peur à mes poissons.

– Ça va, les grands ? a lancé Papy Jean.

– Super ! on a dit.

Puis le silence est retombé. Papy en a profité pour aller faire une petite sieste sur la couverture qu’on avait apportée, et on est restés seuls tous les cinq, concentrés sur nos bouchons qui flottaient paresseusement.

En fait, je n'en menais pas large. Je ne suis pas trouillard, mais tout était calme tout à coup, trop calme pour être vraiment rassurant après ce que nous avait raconté Papy Jean.

L'eau était noire, pleine de reflets et de choses troubles qui s'agitaient au fond. Des herbes ? Des branches mortes ? Impossible de le savoir...

A la réflexion, le coup du jambon n'était pas une si bonne idée que ça : entre quatre vers de terre visqueux et un bout de couenne bien gras, c'est mon appât que le dinosaure risquait de choisir... Et je n'avais aucune envie de me retrouver face à face avec un monstre préhistorique affamé par un jeûne de plusieurs millions d'années !

Soudain, le bouchon de Jean-A. a plongé. Quelque chose de gros et de vorace l'avait aspiré sous la surface de l'eau.

Impossible de savoir quoi, à cause du bouillon que ça faisait, mais j'avais eu le temps d'apercevoir une forme ronde, emmanchée d'un long cou et d'une toute petite tête…

– Papy ! Le nido... le zino... le dino... ! a bégayé Jean-A. en tirant un grand coup sur sa ligne.

Il y a eu un gros sploutch ! semblable à celui d'un évier qu'on débouche et un machin verdâtre et gluant a jailli de l'eau, accomplissant un vol plané par-dessus les arbres avant de retomber au pied de Papy qui accourait, épuisette à la main.

– Bravo, Jean-A ! Belle prise, a dit Papy.

– Il est... euh... mort ? a fait Jean-A. aussi pâle qu'un ver de terre.

– On ne peut plus mort, a dit Papy en brandissant triomphalement la pêche de Jean-A. Un magnifique spécimen d'ustensile de jardin qui ne doit plus respirer depuis longtemps, vu son état !

– Un quoi ? a répété Jean-A.

Au fond de l'épuisette dégoulinait un arrosoir décoloré, couvert de boue et d'herbes aquatiques.

– Tiens, tiens ! On braconne par ici ? a fait une voix derrière nous.

C'était le garde champêtre.

A cause de l'exploit de Jean-A., personne n'avait entendu sa voiture pétarader sur le chemin longeant l'étang. Il portait un képi, une moustache en forme de brosse à dents et roulait tellement les R qu'on aurait dit qu'il avait la bouche pleine de dragées de communion.

– Messieurs, bonjourrr ! il a dit en portant la main à son képi. Présentation des permis, s'il vous plaît.

– Des permis ? a fait Papy Jean.

– Permis de pêche, a dit le garde champêtre en sortant de sa poche un carnet à souches. Vous n'avez pas lu la pancarte ? Interdiction de prendre du poisson ici sans autorisation. Je vais devoir verbaliser...

– On pêche pas le poisson, est intervenu Jean-C.

– Et quoi, alors ? a demandé le garde champêtre en se tournant vers lui.

– Le zinodaure, a zozoté Jean-E.

– Le quoi ?

– Le dinosaure, a fait Jean-A.

– On a déjà attrapé son arrosoir, a dit Jean-D. en lui collant l'épuisette sous le nez.

– Pour le jardinage, a dit Jean-C.

– Un dinosaure, ici ? a répété le garde champêtre en roulant des yeux effarés.

– Allons, a dit Papy avec un sourire entendu. Vous n'avez jamais chassé le dahu sans autorisation quand vous étiez petit ? Depuis quand faudrait-il un permis pour les rêves d'enfant ?

Le garde champêtre s'est lissé pensivement la moustache, nous regardant l'un après l'autre.

– Vous avez raison, il a soupiré enfin en rangeant son carnet. Surtout que si cette bête existe, il serait bon d'en débarrasser la région avant qu'elle nous fasse un malheur... Alors, bonne journée, messieurs. Et bonne chasse !

– Bonne journée ! on a dit tous en chœur.

– Et merci pour eux ! a lancé Papy Jean.

Il l'a regardé s'éloigner, puis se tournant vers nous, il s'est essuyé le front :

– Ouf ! On a eu chaud, mes enfants, il a dit. Et si on pique-niquait maintenant ?

Toutes ces émotions nous avaient donné une faim de loup. Abandonnant nos cannes autour de l'étang, on a rejoint la 4 L et sorti les provisions, salivant déjà à l'idée du festin qui nous attendait.

J'adore les pique-niques, surtout avec Papy Jean. On a pris place sur la couverture à carreaux, débouché la limonade et Papy a commencé la distribution des sandwiches.

– Qu'est-ce que c'est que ce... aaargh ? a fait Jean-A. avec horreur en bondissant sur ses pieds et lâchant son sandwich.

Du pain à moitié mangé et tout mou dépassaient de curieux tronçons blanchâtres qui gigotaient en tout sens.

– Un sandwich à la pieuvre ! a crié Jean-C.

– Les tentacules ! a bredouillé Jean-D. en devenant blanc comme un linge. Elles bougent encore !

J'ai senti mon estomac se révulser. Dans ma précipitation tout à l'heure, je m'étais trompé en remettant les sandwiches à leur place et les avais glissés dans le panier à appâts...

Les vers n'avaient jamais été à pareille fête. Ils se tortillaient goulûment au milieu des tranches de pain, mêlés à des débris de fumier en décomposition. Les sandwiches étaient tous immangeables. Même un monstre préhistorique dégénéré n'en aurait pas voulu.

– Qui veut ma part ? j'ai murmuré. Je me sacrifie...

– N'approche pas ça de ma figure ! a hurlé Jean-A.

– Tu disais que c'était comme des nouilles ! j'ai ricané, avant qu'un haut-le-cœur me cloue le bec.

– Papy, a fait Jean-C. d'une voix mourante. je crois que je vais vomir...

– Plus jamais je ne mangerai de sandwiches de ma vie ! a gémi Jean-D., le visage verdâtre lui aussi.

Ça a été un fabuleux pique-nique, mais surtout pour les poissons de l'étang. Les sandwiches ont fini dans l'eau et on a dû se contenter de limonade et de carrés de chocolat.

Ce n'était pas trop grave, parce que personne n'avait plus très faim tout à coup. Chacun grignotait du bout des lèvres, vérifiant chaque bouchée de crainte d'y découvrir un habitant clandestin.

En plus, le vent s'était levé. De gros nuages s'amoncelaient dans le ciel. Papy Jean, qui ne rate jamais une occasion pour mettre de l'ambiance, a lâché un petit rot et a dit :

– Tiens, le tonnerre gronde... Le temps est à l'orage !

Ça résumait bien la situation, alors on s'est tous mis à rigoler comme des bossus.

Avec Papy Jean, c'est un peu comme quand on est seuls avec papa : on a droit de dire des gros mots entre hommes ou de faire des choses interdites sans risquer d'être grondés.

– C'est la limonade, s'est excusé Papy Jean pour rire. Je n'ai pas l'habitude d'en boire.

– Moi, a commencé Jean-A., j'ai un copain, même sans limonade, il peut réciter l'alphabet rien qu'en...

– Papy ! a hurlé Jean-E. Ma clossette ! Elle sonne !

On avait presque oublié nos cannes, disposées en cercle autour de l'étang pendant qu'on piqueniquait.

Celle de Jean-E. était si petite qu'elle dépassait à peine des hautes herbes. Une canne de nabot, avait ricané Jean-A., sur laquelle Papy Jean avait fixé un minuscule grelot.

C'était lui qu'on entendait tinter, secoué par la ligne tendue à tout rompre. Diling-diling ! Diling-diling !

– Ma clossette ! C'est le zinodaure ! a zozoté Jean-E. Ze l'ai attrapé !

Papy a saisi l'épuisette et on est partis à fond de train de l'autre côté de l'étang.

Ce devait être une sacrée prise parce que le bout de la gaule pliait presque à toucher l'eau. Diling-diling ! Diling-diling !

– Remonte-le en douceur ou la ligne va casser ! a dit Papy Jean, prenant la tête des opérations. Voilà, comme ça ! Doucement !

Arc-bouté sur sa canne, Jean-E. bataillait ferme, la langue tirée, tandis qu'on faisait des bonds sur la berge en hurlant pour l'encourager.

– Vas-y ! vas-y !

M. Martel, mon maître de CM2, nous avait parlé d'un livre dans lequel un vieil homme se bat toute la nuit pour remonter de l'eau un espadon géant.

C'était un peu la même chose qui nous arrivait, sauf que lorsque Jean-E. a ramené sa prise sur le bord, c'était un minuscule poisson argenté, à peine plus gros qu'une balle de revolver, qui gigotait au bout de son hameçon.

– C'est ça, le zinodaure ? a demandé fièrement Jean-E.

On faisait cercle autour de l'épuisette, écarquillant les yeux pour tenter de voir quelque chose.

– Mieux que ça, mon garçon, l'a félicité Papy Jean. C'est un bébé ablette. Une prise magnifique !

– On dirait un suppositoire ! a ricané Jean-A.

– Suppositoire toi-même, a fait Jean-C.

– Heureusement qu'on ne comptait pas dessus pour le dîner, a plaisanté Papy. On ne nourrirait même pas avec une famille de Pygmées.

– On va le manzer ? a demandé Jean-E.

– Je laisse ma part, j'ai dit en pensant à tous les vers de terre qu'il avait dû avaler.

– Si on faisait une bouillabaisse ? a proposé Jean-D.

– Bouillabaisse toi-même, a fait Jean-C.

C'est alors que Jean-E. s'est mis à pleurer.

– Qu'est-ce qui t'arrive, grand pêcheur ? a demandé Papy Jean en le prenant dans ses bras.

– Ze veut pas qu'on manze mon poisson ! a sangloté Jean-E.

– J'ai une idée, a dit Papy Jean. Si on le ramenait à la maison ?

– On pourrait le donner comme dessert à Première et Deuxième Chaîne, a suggéré Jean-A.

– Ze veut pas qu'on le manze ! a zozoté Jean-E. en recommençant à pleurer.

– De toute façon, a dit Jean-D., on n'a rien pour le ramener.

– Ne t'inquiète pas, a dit Papy en séchant les larmes de Jean-E. Je sais ce qu'on va faire.

Comme le poisson était minuscule, il passait facilement par le goulot de la bouteille de limonade. On l'a remplie d'eau, puis Papy l'a rebouchée avec un morceau de bois qu'il a taillé avec son canif à six lames.

– Comme ça, il a dit, on ne rentrera pas bredouilles et tu auras un poisson rouge.

– Ze l'appellerai Suppozitoire ! a zozoté fièrement Jean-E.

– Pourquoi pas Thermomètre ? a proposé Jean-D.

C'est alors que l'orage a éclaté.

La pluie s'est mise à tomber si brusquement que ça a été la débandade. Chacun courait dans tous les sens, cherchant un endroit où s'abriter.

– Suppozitoire ! pleurait Jean-E. en serrant sa bouteille contre lui. Il va se faire mouiller !

- Il est déjà dans l'eau, banane ! a ricané Jean-A.

Ses lunettes étaient si trempées qu'on aurait dit qu'il portait un masque de plongée. Comme il n'y avait pas assez de place pour nous six sous le saule pleureur, on est repartis comme des dératés rentrer nos gaules, et c'est le moment qu'a choisi Jean-C. pour tomber dans l'étang.

Jean-D. a essayé de l'aider, mais il a glissé à son tour dans la vase.

Pendant ce temps, Papy Jean se battait avec la serrure de la 4 L parce que Jean-E. avait claqué la porte en laissant les clefs à l'intérieur...

C'est papa et maman qui ont fait une drôle de tête ce soir-là en nous voyant descendre de la voiture du garde champêtre.

– Tu attendais une équipe d'égoutiers ? a dit papa d'un air songeur.

– Non, a fait maman.

– Des hommes-grenouilles ?

– Non plus.

– Aïe ! a fait papa. Alors j'ai peur que ce soient nos enfants.

– Ils sont cinq ? a demandé maman.

– Oui.

– Tous avec les oreilles décollées ?

– Oui, a dit papa.

– Alors c'est eux, a dit maman. Nos vacances sont finies.

En tête venait Jean-E., serrant contre lui une bouteille de limonade où nageait Suppositoire, la plus petite ablette du monde.

Derrière, sous une couverture trempée, venaient Jean-C. et Jean-D., les cheveux luisant de choses vertes et gluantes qui ressemblaient à de la salade mutante.

Puis Jean-A., grelottant, les bottes lestées d'eau croupie jusqu'à ras bord, qui faisaient à chaque pas un étrange splotch splotch.

Je fermais la marche avec Papy Jean, portant fièrement le matériel de pêche et le panier à provision qui gouttait comme une passoire.

– Tout s'est bien passé ? a ricané papa en nous accueillant sous le porche.

– Oh, une petite averse sur la fin, a dit Papy, mais trois fois rien... N'est-ce pas, les enfants ?

– Trois fois rien, on a dit tous en chœur.

– Ah bon, a dit papa en détachant une feuille de nénuphar des cheveux de Jean-C. En ne voyant pas la 4 L, j'ai cru un instant que vous étiez entrés en collision avec une essoreuse à salade.

– Un petit problème de moteur, a dit Papy Jean. Notre ami le garde champêtre a eu la gentillesse de nous raccompagner.

– C'est à cauze du zinodaure, a zozoté Jean-E.

– Non, des sandwiches à la pieuvre, a expliqué Jean-C.

– C’est la faute de Suppositoire, a commencé Jean-D.

– Pardon ? a dit papa en ouvrant des yeux ronds.

– Plus tard, a dit Papy. Ce serait trop long à expliquer.

– Alors à la douche, mes pêcheurs, a dit maman, ou votre grand-mère va en faire une attaque. Un bon poulet rôti vous attend, et des milliers de pommes de terre sautées !

– Génial ! on a crié.

On était tellement affamés et couverts de boue que, pour une fois, on a filé se doucher à l’eau froide sans même protester.

Il pleut

J'adore les jours de vacances où il pleut. Surtout à la campagne, dans la maison de Papy Jean.

La terre sent bon, la pluie résonne sur le toit, on se sent bien au sec, protégés par les murs épais. Les bottes mouillées sont rangées par taille devant la porte, un peu fumantes à cause du feu qui crépite, le temps passe très lentement et on n'a rien à faire.

J'adore m'ennuyer. J'ai la collection de Tintin un peu moisie qu'on a trouvée dans la bibliothèque, mes livres de la Bibliothèque verte. Je me vautre dans le fauteuil de la chambre, les jambes passées sur l'accoudoir, et je passe des heures à rêvasser en écoutant la pluie tomber.

Papa aussi adore ne rien faire. A cause du mauvais temps qu'on a depuis trois jours, il ne peut plus bricoler avec Papy Jean. Ça doit le mettre de bonne humeur parce que, cet après-midi, il a lancé :

– Et si on faisait un marathon de jeux de société ?

– Super ! on a crié.

On a sorti du placard de l'entrée tous les jeux qu'on a trouvés et on s'est installés sur la grande table de la cuisine.

– C'est moi qui distribue, a dit Jean-A. Ou sinon, je joue pas.

Comme Jean-E. et Jean-D. voulaient absolument faire le marathon avec nous, on a commencé par des jeux pour petits.

– Trop facile, les dominos ! a ricané Jean-A. en faisant une muraille avec les siens. C'est bon pour les minus !

Mais quand Jean-E. a placé un double-six et gagné la partie, Jean-A. n'a plus rigolé du tout.

– Si on jouait à Cochon qui rit ? a proposé Jean-D.

– Cochon qui rit toi-même, a dit Jean-C.

– C'est moi que ze va encore gagner ! a zozoté Jean-E.

– Non, c'est moi ! a dit Jean-D. en renversant la moitié de sa limonade.

– Gagné, a dit papa. Suppression des boissons gazeuses.

C'est rare que papa ait le temps de jouer avec nous à des jeux de société. Mais là, c'était les vacances, il se sentait une patience à toute épreuve et il était bien content d'échapper au marathon de bavardage entre maman et Mamie Jeannette qui avait repris au salon.

– Si on faisait un jeu des Sept familles ? il a proposé joyeusement en tirant sur sa pipe.

On a tous fait semblant de trouver ça génial. Papa joue si rarement avec nous que tout le monde avait envie de lui faire plaisir.

Il s'est mis avec Jean-E. pour l'aider à tenir ses cartes et la partie battait son plein quand Jean-A. a dit en ricanant :

– Dans la famille Débile, je voudrais le second.

– Débile toi-même, j'ai dit. Dans la famille Bigleux, moi je voudrais l'aîné.

– Très bien, a dit papa. Les deux fils Tête à Claque sont éliminés du jeu.

Il n'avait pas l'air de plaisanter, alors on est restés à ruminer et à se faire des grimaces, Jean-A. et moi, jusqu'à la fin de la partie.

– C'est nul, d'abord, les marathons, a fait Jean-A.

– Pardon ? a dit papa en ôtant la pipe de sa bouche.

– Rien, rien, a dit Jean-A.

– Papa, Jean-C. n'arrête pas de regarder mon jeu ! a rapporté Jean-D.

– C'est pas vrai ! a crié Jean-C. C'est lui qui pique des cartes dans la pioche !

– Bon, a dit calmement papa. Puisque c'est comme ça, tout le monde est éliminé.

– Et moi ? a zozoté Jean-E. Z'ai pas trissé ! C'est pas zuste !

– Comment ? a fait papa qui commençait à perdre sa patience à toute épreuve.

– Il dit que c'est pas juste, a traduit Jean-C. C'est parce qu'il a un cheveu sur la langue.

– C'est pas vrai ! a pleurniché Jean-E. Z'ai pas de seveu sur la langue !

– Ni sur le crâne, d'ailleurs, a ricané Jean-A.

Heureusement, c'était l'heure du goûter.

Maman et Mamie Jeannette nous avaient préparé des grands bols de chocolat fumants et des tartines de confiture si épaisses qu'on avait du mal à mordre dedans. On s'est jetés dessus comme des goinfres, et ça a calmé tout le monde.

– Ça va, chéri ? a dit maman. Tout le monde s'amuse bien ?

– La prochaine fois que je propose un marathon, rappelle-moi de me casser la jambe, a dit papa avec un petit rire.

En fait, les choses sérieuses ne faisaient que commencer.

Après les jeux pour petits, on s'est séparés en deux groupes : maman a pris Jean-D. et Jean-E. et les trois plus grands sont restés avec papa pour le choc des Titans.

– Monopoly ! a dit Jean-A. en se frottant les mains. Cette fois, ça va vraiment saigner !

– Je vous préviens calmement, a dit papa. Les mauvais joueurs fileront directement dans leur chambre sans passer par la case départ. C'est compris ?

– D'accord, a dit Jean-A., mais c'est moi qui tiens la banque.

– Non, c'est moi, a dit Jean-C.

– Je suis premier en calcul mental, j'ai dit.

C'est comme ça chaque fois qu'on joue : Jean-A. et Jean-C. veulent toujours avoir la caisse pour pouvoir piquer dedans en cachette des billets de cinquante mille.

Papa a mis tout le monde d'accord.

– Je suis le chef de famille, il a dit. La banque, c'est mon affaire.

Comme c'est lui qui nous donne notre argent de poche, on n'a pas osé protester et la partie a commencé.

En fait, ça n'était pas très équilibré. Moi contre les autres, c'est un peu comme un champion du monde opposé à des amateurs de division d'honneur.

J'ai un truc infaillible pour gagner au Monopoly : acheter un seul hôtel, mais dans la rue la plus chère, la rue de la Paix. Celui qui tombe dessus se fait tellement massacrer que j'en ai mal au cœur pour lui à l'avance. Mais tant pis : au Monopoly, pas de quartier...

Jean-C., qui n'est qu'un moyen, n'arrêtait pas de dépenser ses sous pour acheter des maisons sur toutes les cases où il tombait. Au bout de deux tours seulement, il avait déjà fait un emprunt à la banque.

Jean-A., lui, est tellement radin qu'il passe son temps à faire des piles de billets qu'il compte et recompte en ricanant sans jamais rien acheter.

– Mes enfants, a dit papa en lâchant de petits nuages de fumée, ce jeu éducatif doit être pour vous une source d'enseignement.

Papa adore les jeux éducatifs. Une année, il a nous a offert pour Noël « La grammaire amusante », avec des batailles de participes passés et d'auxiliaires, mais les règles étaient tellement compliquées qu'il l'a rapporté chez le marchand pour se le faire reprendre et qu'on n'en a plus jamais entendu parler.

– Le Monopoly, a continué papa, est un peu à l'image de la vie. Point ne sert d'être trop économe, comme Jean-A., ni un panier percé comme Jean-C... Prenez plutôt exemple sur moi : placez votre argent avec audace, mais prudemment, sans tout miser sur une seule case comme Jean-B.

Papa est très fort au Monopoly. Mais quand il s'est retrouvé deux fois en prison sans toucher les vingt mille francs, il a commencé à moins s'amuser.

Pendant ce temps-là, Jean-A. n'arrêtait pas de tomber sur des maisons de Jean-C. Sa pile d'argent fondait à vue d'œil et à chaque billet qu'il devait débourser, on aurait dit qu'on lui arrachait une dent de sagesse ou les végétations.

– Aboule le fric ! disait Jean-C.

– Sale richard, râlait Jean-A. Ça t'amuse de plumer les plus pauvres que toi ?

Puis papa est sorti de prison, mais pour aller directement sur la taxe de luxe.

– Restons beau joueur, il a dit en grimaçant un sourire. Après tout, c'est l'école de la vie.

Moi, je commençais à douter de ma technique infaillible : tout le monde sautait à pieds joints par-dessus mon hôtel de luxe pour tomber chez Jean-C.

– Cinq, a fait Jean-A. Rue de Vaugirard...

– C'est encore chez moi ! a claironné Jean-C. qui disparaissait presque derrière les billets.

– Rue de la Paix, a dit papa après avoir lancé le dé à son tour.

- C'est chez moi ! j'ai crié en me frottant les mains. En plein sur mon hôtel ! Tu as intérêt à faire un emprunt parce que ça va te coûter un maximum !

Papa a écarquillé les yeux en découvrant le montant du loyer qu'il avait à payer.

– Erreur, il a dit en toussotant. Le dé était... euh... cassé...

– Comment ça, cassé ? j'ai bégayé.

Le dé était tombé parfaitement à plat sur le trois ! Pile rue de la Paix ! Mais papa l'avait déjà repris et le secouait dans sa paume, l'air concentré.

– Cassé, il a répété. Les règles sont formelles : « Dé cassé, dé rejoué »...

– Jamais de la vie ! j'ai protesté. Il était pas cassé !

Papa s'est tourné vers les autres, l'air indigné, pour les prendre à témoin.

– Vous l'avez bien vu, vous autres, n'est-ce pas ?

– Oui, mon papa chéri, a ronronné ce fayot de Jean-A. en me regardant par-dessous ses lunettes. Tu as toujours raison, d'abord !

– Menteur ! j'ai dit. Il était pas cassé !

– Moi, j'ai rien vu, a fait Jean-C qui ne comprend jamais rien. Mais je crois que Jean-B. a raison.

– Est-ce que vous accusez votre propre père de tricherie ? a demandé papa en nous foudroyant tous les deux du regard.

Ses oreilles étaient devenues écarlates tout à coup, et ses mâchoires étaient si serrées sur le tuyau de sa pipe que je l'entendais distinctement craquer.

J'ai gargouillé quelque chose pendant que Jean-C. replongeait le nez dans ses billets.

– Très bien, a dit papa en reposant délicatement le dé au centre du plateau. Je ne resterai pas une minute de plus à une table où il y a tant de mauvais joueurs !

– Tu avais perdu, de toute façon, a risqué Jean-C.

Papa s'est levé d'un geste théâtral :

– Là n'est pas la question ! Ce jeu est stupide, et si je tenais le fabricant qui ose l'appeler « éducatif », j'aurais deux mots à lui dire, croyez-moi !

– Tout va bien, chéri ? a lancé maman qui jouait aux dames avec les petits.

– A merveille ! a dit papa en enfilant son chapeau d'un coup de poing. Je vais juste me dégourdir les jambes avant d'assommer quelqu'un.

– Par ce temps ? a fait maman en regardant la pluie qui ruisselait sur les vitres.

Mais papa avait déjà disparu dans la bourrasque, les pans de son imperméable flottant derrière lui.

Sa sortie nous a un peu coupé le sifflet. Enfin, surtout à moi. J'ai regardé mon hôtel, puis le dé, puis mon hôtel encore sans bien comprendre ce qui venait de m'arriver.

– Papa aurait dû te réduire en bouillie, a ricané Jean-A. en faisant mine de malaxer quelque chose.

– C’est ta faute, a opiné Jean-C. Juste au moment où j’allais tous vous mettre sur la paille !

– Sales tricheurs ! j’ai dit. Vous aviez peur de tomber chez moi, c’est tout !

– Je te préviens, a dit Jean-A., j’ai un manuel de karaté.

– En plus, on est deux contre un petit gros, a dit Jean-C. en ricanant à son tour. Ça va être un carnage.

– Aah ! j’ai dit. Laissez-moi rire !

On a commencé à se rouler dans les boîtes de jeux éducatifs, puis maman est intervenue.

– Puisque c’est comme ça, elle a dit, filez dans votre chambre. Et que je ne vous revoie plus jusqu’au dîner.

On est sortis la tête basse. Après papa, c’était au tour de maman de piquer une colère. Décidément, ça n’était pas notre journée.

– Dommage, a fait Jean-A. en plongeant sur le lit. On commençait juste à s’amuser.

– C’est mon oreiller, j’ai dit. Enlève tes sales pieds de là.

– Tu veux que je te fasse ma prise secrète ? a dit Jean-A.

– Essaye un peu, j’ai dit. Je te préviens, j’ai fait du judo avec François Archampaut.

– Trop nul, a rigolé Jean-A. J’ai pas peur des bretelles noires.

On a commencé à se rouler sur le couvre-lit, puis Jean-C. s'en est mêlé et ça a dégénéré.

C'est comme ça qu'a fini la journée de marathon.

C'était gentil de la part de papa d'avoir voulu nous occuper, mais en fait j'aurais préféré m'ennuyer tout seul avec les Tintin et mes Bibliothèque verte.

Il ne pleut pas si souvent pendant les grandes vacances. C'était dommage d'avoir perdu une journée à des jeux éducatifs alors qu'on aurait pu ne rien faire.

Seulement, après dîner, papa est entré sans bruit dans la chambre.

Tout le monde dormait, sauf moi. J'avais pris ma lampe de poche et je lisais en cachette, la lumière tamisée par ma couverture, en grignotant des raisins secs.

J'adore faire ça quand la pluie tombe dehors. J'ai l'impression d'être dans une cabane secrète ou un igloo, bien au chaud pendant que le vent hurle et que les gouttes tambourinent sur les volets.

J'ai eu juste le temps d'éteindre ma torche quand papa est entré. Il n'a pas dû s'en apercevoir parce qu'il s'est assis au bord du lit sans se fâcher.

– Tu dors, Jean-B. ? il a murmuré.

– Oui, j'ai dit. Enfin non...

– Tu sais, a continué papa, j'ai repensé à ce dé cassé tout à l'heure...

– C'est pas grave, j'ai dit. De toute façon, tu n'avais plus d'argent pour payer.

– Je ne suis plus très sûr qu'il était cassé, il a dit en toussotant. Je pense même que c'est toi qui avais raison...

Je n'arrivais pas à voir son visage dans l'obscurité, mais j'avais l'impression qu'il était mal à l'aise.

– Tu n'avais pas tes lunettes, j'ai dit. C'est peut-être pour ça.

– Peut-être, a fait papa. Mais je te dois une revanche, mon garçon. Et cette fois, promis, je mettrai mes lunettes !

– D'accord, j'ai dit.

Il m'a ébouriffé les cheveux avant de se lever.

– Qu'est-ce que tu dirais de demain, s'il pleut toujours, histoire de ne pas s'ennuyer ?

– Tu vas le regretter, j'ai dit avec un grognement de plaisir. Je vais te ratiboiser jusqu'au dernier centime !

– C'est ce qu'on va voir, a dit papa du tac au tac. Je te préviens, je vendrai chèrement ma peau. Pas question de tomber sur ton hôtel cinq étoiles pourri !

Et on s'est mis tous les deux à rigoler dans l'ombre comme des bossus.

La visite des cousins Fougasse

On était déjà à la moitié des vacances quand papa a dit :

– Les enfants, je compte sur vous. Nous ne serons absents que quelques jours, le temps de trouver une maison à louer à Toulon. En notre absence, interdiction formelle de jouer avec des allumettes ou de s'approcher trop près de la mare !

C'est rare que papa et maman partent tous les deux. Six garçons, c'est un peu comme une portée de chiots qu'on n'a pas eu le courage de noyer : impossible de les caser, dit souvent papa, à moins de se fâcher à mort avec ses meilleurs amis...

Cette fois, c'était à Mamie Jeannette qu'ils nous laissaient, et l'idée n'avait pas l'air de lui déplaire parce qu'il a arrêté ses recommandations pour marmonner : « De toute façon, après nous le déluge ! » avant de ranger joyeusement leur valise dans la malle et d'enfiler ses gants de conduite comme s'ils partaient pour un rallye.

– Ne vous inquiétez pas, a dit Mamie Jeannette en agitant vers eux la menotte de Jean-F. Et profitez bien de votre petite escapade à deux !

Elle nous avait rangés sur le perron par ordre de taille, la raie coiffée du même côté, posant fièrement au milieu comme M. Martel sur la photo de classe.

– Tu es sûre que tu sauras te débrouiller de mes six diablotins ? a demandé maman, un peu inquiète quand même.

Elle portait un foulard sur les cheveux, son nécessaire de toilette à la main, et quand elle nous a embrassés, ses joues sentaient un parfum que je connaissais bien : celui des soirs où elle sort avec papa pour dîner au restaurant ou aller au cinéma.

– Sois sans crainte, a assuré Mamie Jeannette en enlevant les doigts que Jean-F. avait glissés dans son nez. Il suffit d'un peu d'organisation.

Maman a froncé les sourcils, comme si cette phrase lui rappelait quelque chose, puis elle a haussé les épaules à son tour avant de marmonner : « Après nous le déluge ! » et de sauter en voiture à côté de papa.

– Au revoir, les enfants ! elle a lancé. Et soyez bien sages !

– Chérie, a dit papa en démarrant, les vacances commencent vraiment...

Et on les a regardés s'éloigner, le cœur un peu gros, en agitant la main jusqu'à ce que la voiture ait disparu au détour du chemin.

– Eh bien, a dit Mamie Jeannette, vous en faites une tête ! Est-ce que vous n'êtes pas contents d'avoir bientôt une belle maison ? Et puis vos pauvres parents ont bien mérité d'être un peu sans enfants...

Mamie ne peut pas comprendre. Bien sûr, ça nous faisait plaisir de les voir partir tous les deux, sans la galerie chargée à bloc ni six garçons qui se disputent à l'arrière. Pourtant, ils nous manquaient déjà.

C'est drôle, une famille de huit... On manque de place, on se donne des coups de coude, on voudrait être fils unique ou orphelin, sans personne pour vous mettre ses pieds dans la figure ou vous expédier séance tenante aux Enfants de troupe... Mais quand l'un d'entre nous n'est pas là, c'est comme au jeu de Sept familles lorsqu'il manque une carte : tout paraît bizarre, faussé, comme si la carte perdue avait rendu tout le jeu inutile.

– En tout cas, a dit Mamie, défense de rester à l'intérieur par ce beau soleil. Amusez-vous dehors et profitez du bon air de la campagne.

Moi, il suffit qu'on me donne l'ordre de m'amuser pour que je n'en aie plus envie du tout.

C'était au tour des moyens et de Jean-E. de monter dans le tracteur de Papy Jean pour aller arroser, alors on s'est retrouvés tout seuls, Jean-A. et moi, à traîner dans le jardin, les mains dans les poches en se demandant ce qu'on pouvait bien faire.

D'abord, on a voulu se fabriquer des lance-pierres pour décaniller des boîtes de conserve vides au bout du champ. Mais Mamie a crié que c'était interdit d'aller aussi loin.

Alors, on a pris les vieux vélos et organisé une course de vitesse autour de la pelouse, mais c'était interdit aussi, à cause des morceaux de carton qu'on faisait vrombir dans les rayons et qui risquaient de réveiller Jean-F.

Ensuite, on a voulu jouer avec Première et Deuxième Chaîne, mais Mamie nous a crié qu'il était interdit d'aller dans le hangar. Qu'on n'avait pas le droit non plus de saccager le potager avec nos bottes, ni d'essayer de nous rompre le cou en grimpant dans les arbres du bosquet...

A quoi ça sert d'avoir un jardin si on ne peut rien faire ?

En nous retrouvant vautrés sur le perron comme deux malheureux, Mamie s'est vraiment mise en colère : puisqu'on était décidément incapables de s'amuser tout seuls avec tout l'espace qu'on avait, elle allait organiser des jeux, et on allait voir ce qu'on allait voir !

Le lendemain, elle avait préparé des tas d'idées, rédigées sur des petits papiers pliés en quatre et mélangés dans un chapeau.

– « Concours de dents blanches », a lu Jean-C. en tirant la première.

– « Jeu de la chambre la mieux rangée », a lu Jean-D. en tirant la seconde.

– « Championnat du monde de politesse », a lu Jean-A. en roulant des yeux effarés derrière ses lunettes.

– « Jeux olympiques de l'épluchage de carottes », disait le dernier papier.

– Il y a un prix pour chaque épreuve, a dit Mamie, toute contente de ses idées. Par laquelle voulez-vous commencer ?

– Les dents blansses ! a zozoté Jean-E. qui n'a que la moitié des siennes et comptait bien gagner le prix.

– J'ai comme l'impression qu'on s'est fait avoir, j'ai dit quand on a tous été réunis dans la salle de bains à se brosser les dents comme des malades.

– Tu crois ? a ricané Jean-A. J'ai jamais vu des jeux aussi nuls !

– C'est moi que ze va gagner ! a zozoté Jean-E. en s'échappant le premier, la bouche pleine de dentifrice.

– Non, c'est moi ! a crié Jean-D. en le poursuivant dans le couloir.

On a fait semblant de s'amuser avec Mamie un petit moment, histoire de lui faire plaisir, mais on tirait tous une telle mine, à part Jean-E., que même elle n'avait plus l'air d'avoir envie de distribuer des récompenses.

Alors Jean-A. a essayé de proposer le concours de celui qui regarderait la télé le plus longtemps, mais Mamie a refusé tout net. Pas question de nous laisser nous abrutir devant des émissions stupides alors que nous avions une grande maison et un immense jardin à notre disposition.

C'est là que ça a dégénéré...

– D'accord, a marmonné Jean-A. Puisque c'est comme ça, je vais porter plainte à la Société protectrice des enfants...

– Pardon ? a fait Mamie Jeannette.

– Rien, a fait Jean-A.

– Tu viens de perdre le championnat du monde de politesse, a dit Mamie d'un air pincé.

– M'en fous, a fait Jean-C. dans sa barbe.

– Pardon ? a dit Mamie.

– « Meftou ! » a bredouillé Jean-A. en devenant jaune comme un citron. C'est... euh... du latin... Ça veut dire... euh...

– « Pardon », a traduit Papy Jean qui rentrait à cet instant des courses. C'est ce que disaient les Romains quand... euh... quand les mots avaient dépassé leur pensée... Une façon de s'excuser, en quelque sorte. N'est-ce pas, Jean-A ?

– Oui, Papy, a fait Jean-A., pas très fier de lui.

Heureusement que Papy lui aussi a fait du latin en 5e, parce que sinon ça aurait sacrément cassé l'ambiance.

– Et maintenant, il a dit en déballant ses paquets, si on faisait le concours du plus gros mangeur de bifteck et de pommes frites ? J'ai une faim de loup, pas vous ?

– Super ! on a crié.

Sauf cet étourdi de Jean-C. qui s'était jeté sur les carottes et en avait déjà épluché une douzaine pour gagner le premier prix.

– Mais d'abord, a dit Papy, venez m'aider à vider la 4 L. Je crois que j'ai une ou deux petites choses dans le coffre qui devraient vous intéresser...

– Et le concours d'épluchage ? a fait Jean-C. qui ne comprend jamais rien.

En fait, il y avait six paquets dans la 4 L. Un pour chacun, enveloppés dans du papier brillant et marqués de nos initiales.

– Un camion de jouets a perdu ça sur la route, a dit Papy Jean avec un clin d'œil. J'ai pensé qu'il valait mieux le ramasser.

Papy Jean trouve toujours des cadeaux incroyables.

Il y avait un clown en tissu pour Jean-F., un pistolet à eau pour Jean-E., un jokari pour Jean-D., un ballon de football pour Jean-C., une sarbacane pour moi, tirant de vraies fléchettes avec des ventouses, et pour Jean-A. le Manuel des Castors Juniors.

– C'est la dernière édition, a dit Papy Jean. On y apprend à construire une cabane et à devenir aimable en six leçons.

– Meftou ! a dit alors Jean-E. qui venait de l'arroser avec son nouveau pistolet à eau.

– Pardon ? a fait Papy.

– Ze m'excuze, a zozoté Jean-E. Meftou !

– C'est du latin, a expliqué Jean-D.

On a tous remercié Papy et, pour une fois, on s'est presque battus pour mettre la table et préparer l'apéritif.

Plus tard, papa et maman ont téléphoné : ils avaient trouvé une jolie maison, toute blanche, avec des volets verts et une terrasse couverte de vigne vierge ! Il n'y avait que quatre chambres, mais très grandes, avec des placards immenses et des fenêtres ouvrant sur le jardin.

Puis maman a voulu nous dire un mot à chacun.

– Est-ce qu'il fait beau à Toulon ? je lui ai demandé.

– Un temps merveilleux, a répondu maman. Mais vous nous manquez tous les six... Soyez bien sages, d'accord ?

– Jean-B. ? a dit papa en prenant le téléphone à son tour. Tu sais quoi ? A côté de notre nouvelle maison, il y a une petite bibliothèque de paroisse avec tous les Club des Cinq ! Il paraît qu'on a le droit d'y emprunter quatre livres par semaine !

Dans mon lit, cette nuit-là, j'ai rêvé de notre nouvelle maison.

Elle avait un toit de tuiles roses, et ma chambre était presque aussi grande qu'un terrain de football. J'y avais installé mon circuit de voitures Scalextrix Spécial 24 heures du Mans. Il était si long qu'il sortait de la pièce, grimpait les escaliers, courait le long de l'étage du premier et revenait par le salon, après une série de boucles et de chicanes interminables sur lesquelles je faisais rugir à cent à l'heure un bolide aux pneus fumants.

Derrière la mienne, la voiture de Jean-A. avait un tour de retard. J'allais franchir la ligne d'arrivée en grand vainqueur quand soudain, dans la ligne droite près des tribunes, quatre paires de grosses galoches se sont posées sur le circuit...

Impossible de freiner ! Mon bolide est parti en vol plané et, à l'instant où il allait se désagréger sur le carrelage, je me suis réveillé.

– Debout là-dedans, a dit Mamie Jeannette en tirant les rideaux. Assez traîné au lit. Il fait un temps magnifique et j'ai une merveilleuse surprise à vous annoncer.

Une série de grognements lui a répondu à mesure qu'on sortait un œil de sous les draps.

– Devinez, a continué Mamie. Vos cousins Fougasse viennent passer la journée avec vous !

– Meftou ! a fait Jean-A. en laissant retomber sa tête sur l'oreiller. Il ne manquait plus que ça !

Les cousins Fougasse ont un an de plus que nous et on les déteste.

Ils nous refilent leurs vieux vêtements pourris lorsqu'ils ont fini de les user à fond, nous envoient des images de communion et, à chaque Noël, des cartes de vœux faites à la main, avec des Pères

Noël obèses et des sapins qui ressemblent à des brosses à bouteille déplumées.

Mamie Jeannette adore les cousins Fougasse.

– Je compte sur vous pour me faire honneur, elle a dit. Vos cousins ont reçu une excellente éducation, contrairement à certains ici que je ne nommerai pas... N'est-ce pas, Jean-A. ? Alors inutile de chercher à les épater avec de nouveaux mots latins.

Quand ils sont arrivés, on les attendait en rang d'oignons sur le perron, les cheveux encore mouillés de la douche et un sourire de bienvenue scotché de force sur la bouche.

C'est oncle Pierrot qui a fait les présentations :

– Voici Pierre-A., Pierre-B., Pierre-C. et Pierre-D... Dites bonjour à vos cousins, les enfants.

Ils étaient quatre, en rang d'oignons eux aussi, avec les cheveux ras et des oreilles si décollées que leurs têtes ressemblaient à de petites soupières avec des anses sur les côtés.

– Bonjour, cousins ! ils ont claironné tous en chœur.

– Comme ils sont bien élevés ! s'est extasiée Mamie.

Ils portaient les mêmes shorts ridiculement courts, des gilets tricotés qui pendouillaient et de grosses galoches montantes, les mêmes que celles que j'avais vues en rêve massacrant mon circuit de voitures Scalextrix.

– 'On'our ! on a répondu, les mâchoires à demi paralysées par notre sourire de bienvenue.

– Est-z-que vous voulez voir mon poisson rouze ? a zozoté Jean-E. en montrant fièrement aux cousins son ablette dans sa bouteille.

– Plus tard, a dit Mamie. Le déjeuner n'attend pas. Comme vous avez certainement beaucoup de choses à vous dire entre cousins, je vous ai tous mis à la même table. C'est une merveilleuse idée, n'est-ce pas ?

En fait, ça ne l'était pas tellement.

On a passé le repas à ricaner chacun de notre côté en s'observant à travers la table d'un air dégoûté. Les oreilles de plus en plus rouges, les cousins Fougasse n'arrêtaient pas de faire des bulles avec leur paille et d'essuyer leurs doigts graisseux sur leurs gilets tricotés.

– Et si vous alliez jouer tous ensemble ? a proposé Papy un peu plus tard. On vous appellera pour le dessert.

Les cousins Fougasse en ont profité pour quitter la table en hurlant et courir à travers la maison avec leurs grosses galoches.

– Qu'est-ce que c'est que cette crotte de nez ? a demandé Pierre-A. en tombant en arrêt devant la bouteille de limonade où tournait le poisson de Jean-E.

– Sortez de notre chambre ou vous êtes morts, a dit Jean-A.

– C'est pas une crotte de nez, a fait Pierre-B. en tapant du doigt sur le verre pour terrifier Suppositoire. C'est un bout de réglisse mâchouillé.

– Non, a zozoté Jean-E. C'est Suppozitoire, mon poisson rouze.

– On dirait un têtard ! a ricané Pierre-C.

– Têtard toi-même, a dit Jean-C.

Pierre-A. avait pris la bouteille et l'agitait comme un malade. Alors Jean-E. s'est mis à pleurer et ça a dégénéré.

– Pose le poisson de mon frère, j'ai dit, ou ça va finir dans un bain de sang.

– Essaye un peu, a ricané Pierre-A. Je te préviens, je fais de la boxe française.

– Ça t'amuse de faire pleurer les plus petits que toi ? a fait Jean-A. en enlevant ses lunettes.

Et il a mis une beigne à Pierre-A.

– Vous vous entendez bien, les cousins ? a demandé Mamie avec un grand sourire en passant la tête par la porte de la chambre.

– Super ! on a tous crié en chœur.

Elle était à peine sortie que Pierre-C. s'est mis à sauter à pieds joints sur le matelas des moyens.

– Interdit de sauter sur les lits ! a fait Jean-A. C'est Mamie qui l'a dit.

– M'en fous, m'en fous, m'en fous ! a chantonné Pierre-B. en s'y mettant à son tour.

– C'est mon lit, a fait Jean-C. Enlevez vos galoches pourries de là.

– Nous touchez pas, d'abord, ou on le dit à Mamie ! a ricané Pierre-C. en rebondissant de plus belle.

– Essaye un peu ! a dit Jean-C. en se jetant sur lui.

Comme c'était aussi son lit, Jean-D. a mis une gifle à Pierre-D. qui s'était assis tranquillement à regarder les Tintin.

– Touche pas nos livres avec tes doigts graisseux, il a dit.

– Mamie ! Il m'a frappé ! a trépigné Pierre-D. en devenant écarlate comme une écrevisse.

Il s'est jeté sur Jean-D. et ils ont commencé à se rouler sur la descente de lit.

– Quatre contre quatre, a dit Pierre-A. en ôtant ses lunettes à son tour. Sinon, on le dit à Mamie.

– D'accord, a dit Jean-A. Vous l'aurez voulu. Mais on touche pas aux affaires.

Et il a balancé à Pierre-A. un grand coup de polochon.

En une seconde, ça a été la bagarre générale.

Pour que ce soit équilibré, Jean-E. s'était mis dans un coin, le pouce dans la bouche, protégeant la bouteille de son poisson rouge des coussins qui volaient.

On allait mettre une sacrée dérouillée aux cousins Fougasse quand Mamie nous a appelés depuis le jardin.

– Les cousins ! Si vous jouiez plutôt dehors tous ensemble ? Il fait un temps magnifique !

– Y a pas de dessert, dans cette baraque ? a râlé Pierre-A. en remettant ses lunettes.

– C'est les miennes, a dit Jean-A. en les lui reprenant des mains. Les tiennes sont pleines de traces de doigt pourries.

– Tu crois ? a fait Pierre-A.

– Sûr, a fait Jean-A.

Ils ont échangé leurs lunettes et on est sortis dans le jardin.

– Vous avez de la chance, a ricané Pierre-B. Une minute de plus, et on vous écrabouillait.

– Répète un peu pour voir, a fait Jean-C.

Comme on était un peu trop près des adultes qui prenaient le café sous le noyer, on a traîné un moment sans savoir quoi faire.

– D'abord, a dit Pierre-A., on vous passera plus nos vêtements quand ils seront trop petits.

– Vous pouvez les garder, j'ai fait. Ils grattent et ils sont nuls.

– Surtout qu'on crache dessus avant de vous les envoyer ! a ricané Pierre-C.

– Et si on faisait une course sur vos vélos minables ? a proposé Pierre-A. en montrant les vieilles bécanes grinçantes que nous a rafistolées Papy Jean.

– Pas touche, a dit Jean-C. C'est des vélos de compétition.

– Nous, au camping, a dit Pierre-C. en haussant les épaules, on a les mêmes demi-courses que ceux du Tour de France, avec douze vitesses et un porte-gourde sur le cadre.

– Ça vous gêne pas pour le sprint d'avoir les oreilles décollées ? a ricané Jean-C.

– Et si on allait dans le potager ? a proposé Pierre-D.

– D'accord, a fait Jean-A. Mais si on se fait prendre, on dira que c'est à cause de vous.

– De toute façon, a dit Pierre-A., on est les chouchous de Mamie. Elle vous croira jamais.

On s'est tranquillement assis sur le muret tandis que les cousins Fougasses couraient comme des dératés d'arbre en arbre, se goinfrant de prunes et saccageant les cerisiers.

– Mamie va les massacrer ! a fait Jean-C. avec un frisson de plaisir.

– Laisse, a dit Jean-A. Elles sont pleines de vers.

– Quand je pense à la colique qu'ils vont avoir ! a fait rêveusement Jean-C.

Puis on a commencé à les bombarder avec les prunes trop mûres tombées par terre en se poursuivant dans le potager.

On commençait juste à s'amuser quand Pierre-A. a mis les mains sur son ventre, le visage déformé par une atroce grimace. Puis ça a été au tour de Pierre-B., de Pierre-C. et de Pierre-D. de filer à fond de train dans la maison.

– Qu'est-ce que j'avais dit ? a murmuré Jean-C.

Quand ils sont revenus, ils étaient blancs comme du papier à cigarette.

– Si on faisait un jeu calme ? a proposé Pierre-A.

– D'accord, on a dit. Mais c'est nous qui commençons.

– Non, c'est nous, ils ont dit.

– Pas question, a fait Jean-A. On l'a dit en premier.

– Bon, d'accord, a dit Pierre B. Mais à quoi on joue ?

Comme on ne savait pas quoi faire, on est rentrés dans la chambre et Pierre-B. a commencé à regarder dans mon cahier secret.

– Pas touche, j'ai dit, ou ça va mal finir.

Pierre-A. avait trouvé ma sarbacane et s'amusait à tirer des fléchettes à ventouse sur Jean-A., alors ça l'a un peu énervé. Pendant ce temps, Pierre-C. et Pierre-D. avaient sorti le jokari de Jean-C. et tapaient comme des malades dans la balle. Comme c'était une balle super-rebondissante, elle sautait d'un mur à l'autre et a manqué de renverser la bouteille de Suppositoire.

Jean-E. s'est mis à pleurer, alors Pierre-C. lui a mis une taloche.

– Laisse mon frère tranquille ! a dit Jean-C. en lui rendant sa beigne.

– Ça t'amuse de frapper des plus petits que toi ? a dit Pierre-A. en lui faisant une prise de boxe française.

– Vous l'aurez voulu, les gars, a fait Jean-A. en ôtant ses lunettes.

– Et si on faisait un jeu calme ? a proposé Pierre-D.

Mais personne ne l'a entendu. On était trop occupé à se peigner comme des malades pendant que Jean-E., sa bouteille à la main, sautait sur le lit en criant :

– Ze vous préviens ! Ze sait faire du zudo !

On a juste eu le temps de remettre un peu d'ordre avant que les cousins s'en aillent. Quand Mamie Jeannette, oncle Pierrot et tante Pierrette sont entrés dans la chambre pour dire qu'ils partaient, on était tous assis sur le tapis, le dos contre les lits, tranquillement plongés dans la lecture de la vieille collec de Tintin.

– Vous vous êtes bien amusés ? a demandé Mamie.

– Hon hon, on a fait sans lever la tête de nos livres.

– Puisque vous vous entendez aussi bien, a suggéré tante Pierrette, pourquoi les petits Jean ne viendraient-ils pas passer avec nous une journée au camping ?

– Quelle merveilleuse idée, a fait Mamie. Vous êtes d'accord, les enfants ?

– Super ! on a crié tous en chœur.

Heureusement que Mamie ne pouvait pas voir la tête qu'on faisait entre les pages de nos Tintin.

– Cette fois, on va vous massacrer ! a ricané Jean-A. en se penchant vers l'aîné des Fougasse.

– Jamais vous n'en sortirez vivants ! a ricané Pierre-A. à son tour.

N'empêche, ça nous a fait un drôle de vide quand ils sont partis. Pour une fois qu'on pouvait se battre autrement qu'entre nous !

On est restés un moment sur le perron, agitant hypocritement la main jusqu'à ce que leur voiture disparaisse, puis Mamie a dit avec un gros soupir :

– Vos cousins sont si charmants, n'est-ce pas... Et si bien élevés !

– Meftou ! a ricané Jean-A. dans sa barbe.

– Pardon ? a fait Mamie.

– Euh... c'est fou ! a acquiescé Jean-A.

– Comme quoi, a dit Mamie en souriant, rien ne vaut un peu de discipline et quelques bons principes éducatifs !

On a tous opiné gravement.

Malgré leur crâne en soupière et leurs oreilles prodigieusement décollées, les cousins Fougasse avaient au moins raison sur un point : ils seront toujours les chouchous de Mamie Jeannette

Le camembert volant

C'est toujours comme ça avec les grandes vacances.

On a l'impression qu'elles ne finiront jamais et puis, un jour, on découvre avec surprise que le moment de partir est arrivé et qu'on n'en a pas assez profité.

Déjà, maman commence à rassembler les bagages. Les vêtements pour le départ sont pré- parés sur une étagère de l'armoire. Défense de salir et de semer nos affaires partout ! Depuis qu'ils sont revenus de leur escapade à Toulon, maman passe ses journées à faire des lessives en pestant contre la campagne qui verdit les pantalons et qui laisse sur les chaussettes des épines de chardon.

Moi, j'adore les fins de vacances, quand on commence à mettre des pulls le soir et à penser à la rentrée.

Avec Jean-A., un matin, on a fait une course à vélo jusqu'au village d'à côté pour aller acheter les dernières vignettes du Tour de France qui manquent dans nos albums. Le papetier avait sorti les affaires de classe et ça sentait une délicieuse odeur de plastique, de craie et de cartables neufs... On est restés un long moment à tripoter les trousses, les répertoires, les rapporteurs et les protège-cahiers de couleur, et j'avais presque hâte qu'on soit le premier jour de classe.

– Tu verras, a dit Jean-A., la 6e, c'est génial ! En plus, comme on sera ensemble, les grands n'ont pas intérêt à t'embêter ou ils auront affaire à moi !

Quand on est revenus, papa nous attendait avec les photos qu'il a prises de notre nouvelle maison. On s'est assis autour de lui et il les a fait circuler, tout fier, en guettant nos réactions.

– Alors ? il a dit. Qu'est-ce que vous en pensez ?

– Un doigt ! a fait Jean-C.

– Un morceau de maman ! s'est exclamé Jean-D.

Papa est très fort comme photographe. On aurait dit des prises de vue sous-marines, avec des objets non identifiés qui flottaient à l'arrière-plan.

– C'est la faute de ce maudit appareil, a dit papa en toussotant. Voilà le... euh... salon, à moins que ce ne soit...

– Le garage ? a proposé Jean-A

– Un évier ! a crié Jean-C. C'est la salle de bains !

– Tu la tiens à l'envers, banane, j'ai dit en la retournant Regarde : c'est un portrait très ressemblant de la chaussure de papa.

– Tu as refait les papiers peints ? a demandé Jean-A. en louchant sur une autre photo. Parce que là, on dirait que le mur est tout gondolé…

– Puisque vous y mettez de la mauvaise volonté, a dit papa un peu vexé en reprenant les photos, tant pis pour vous... Vous garderez la surprise.

Inutile de vous raconter la journée qu'on a passée avec les cousins Fougasse. Un vrai carnage comme l'avait prédit Jean-A.

Le camping où ils passent les vacances est immense, avec des centaines de caravanes dispersées dans les dunes, une seule douche collective et un vent de force 4 qui penche les pins à angle droit. Forcément, comme les cousins Fougasse jouaient sur leur terrain, on a été un peu désavantagés au début... Tante Pierrette avait voulu organiser un concours de château de sable sur la plage, mais ça a vite dégénéré. Après, oncle Pierrot a fait un barbecue, on a mangé sur une table pliante et bu des litres de limonade tiède avant d'aller dans les rochers ramasser des crabes avec nos épuisettes.

On a joué à s'envoyer des paquets d'algues gluants à la figure et, à la fin, on avait tellement de sable dans le maillot qu'on aurait dit qu'on était tous lestés de couches pleines, comme Jean-F.

Ça a été une super journée.

Juste avant de partir, Pierre-B. qui avait pris une pelle dans l'œil a appelé à la rescousse un copain qu'il s'est fait au camping.

– C'est mon meilleur ami, a averti Pierre-B. Je vous préviens, son père a une DS 19 et il sait casser des briques rien qu'avec ses poings. Il va tellement vous détruire que ça me fait pitié pour vous !

– Mince ! j'ai fait en voyant son meilleur copain débouler. Ça alors !

– Ça alors ! a fait son meilleur copain en s'arrêtant net de courir.

Vous le croirez si vous voulez, mais c'était François Archampaut.

Mon meilleur copain à moi.

– Qu'est-ce que tu fais-là ? j'ai balbutié.

– Et toi ? il a dit.

En fait, il m'a tout expliqué. Comme son père est agent secret, ils font juste semblant de faire du camping. En fait, ils passent la nuit à surveiller la plage à la jumelle infra rouge au cas où des nageurs de combat arriveraient par la mer avec leurs fusils-harpons et leurs grenades sous-marines.

– Mince ! j'ai dit. Ça alors !

– Eh oui, mon vieux, a dit François Archampaut d'un air modeste.

François Archampaut n'est pas le genre à se vanter, même s'il a la plus belle caravane du camping, entièrement équipée de meubles d'époque et d'un appareil sonar ultrasophistiqué.

– Dommage que mon père dorme, il a dit, sinon je t'aurais fait visiter.

Ce qui m'embêtait quand même, c'est que Pierre-B. prétende être le meilleur copain de François Archampaut, vu que le meilleur ami de François Archampaut, c'est moi.

– Laisse tomber, il a dit. C'est juste une couverture. Nous deux, on restera fidèles jusqu'à la mort.

– Au fait, j'ai dit, un peu gêné de le trahir. J'ai... euh... changé de métier pour plus tard : je voudrais être astronaute, et plus trop agent secret...

– C'est comme moi, il a dit en hochant la tête. C'est quand même incroyable ! Comment tu as deviné ?

Celui qui n'en croyait pas ses oreilles quand je lui ai raconté, c'est Jean-A.

Comme il a des lunettes, aucun fils d'agent secret ne veut être son ami. Alors il dit que François Archampaut n'est qu'un menteur, qu'il raconte des histoires parce qu'il a perdu sa mère quand il était tout petit et que ça lui a un peu tapé sur le ciboulot.

Mais moi je crois François Archampaut. A quoi ça servirait d'avoir un meilleur ami, sinon ?

Il y a d'autres grandes nouvelles pour cette fin de vacances.

D'abord, on est retournés à l'étang avec Papy Jean pour relâcher Suppositoire. Il avait tellement grandi en quelques jours qu'il n'avait plus la place de nager dans sa bouteille de limonade.

Jean-E. a un peu pleuré de perdre son poisson rouge. Mais Suppositoire n'aurait pas été heureux dans notre maison de Toulon, et encore moins de faire tout le chemin en voiture jusque-là. Un poisson, même de la taille de Suppositoire, c'est fait pour être libre et vivre avec les siens, pas pour servir de décoration sur une étagère ni grignoter toute sa vie des miettes de biscottes ou de barquettes à la fraise.

Ce qui a un peu consolé Jean-E., c'est Première et Deuxième Chaîne. Maintenant qu'ils ont un mois, Papy Jean a installé leur panier dans le placard de notre chambre, dans un petit coin bien chaud et bien protégé.

Jean-E. leur a fabriqué un jokari spécial, avec une balle de ping-pong attachée à une ficelle. La nuit, quelquefois, on entend le toc-toc ! de la balle qui rebondit sur le parquet, des bruits de poursuite et de dérapages. Première et Deuxième Chaîne cherchent à se faufiler sous nos couvertures, nous mordillent le bout des pieds, mais dès qu'on allume, ils filent sous le lit et ça recommence.

– Je préférerais une vraie télé, râle à chaque fois Jean-A. en se fourrant la tête sous l'oreiller. Au moins, on peut l'éteindre quand on veut dormir !

Maman a beau dire que ce n'est pas sain, deux chatons qui dorment dans une chambre, elle n'a pas osé nous l'interdire vu que c'était une idée de Papy. L'après-midi, quand elle prend le café sous le noyer, allongée dans une chaise longue, Première et Deuxième Chaîne ont pris l'habitude de venir tous les deux faire la sieste sur ses genoux, et elle fait attention à ne pas faire de bruit en tournant les pages de son livre pour ne pas les réveiller.

Est-ce que les animaux sont nécessaires aussi au développement affectif des parents, comme ils le sont à celui des enfants ? Il faudra que je regarde dans mon Album des Jeunes quand on sera à Toulon.

Depuis quelques jours, Jean-A. et moi, on prépare une surprise pour la fin des vacances.

C'est moi qui en ai eu l'idée, même si Jean-A. dit le contraire.

Chaque après-midi, avec l'aide de Papy, on s'enferme dans son établi pour bricoler en grand secret. On a trouvé les plans dans le Manuel des Castors Juniors, avec la liste du matériel nécessaire : colle, fil de pêche avec un moulinet comme dévidoir, baguettes de bois, papier, plus un sachet de douze feutres de couleur pour la décoration.

Long John Silver, la tourterelle de Papy Jean, nous regarde travailler, clignant de son œil rond à chaque coup de marteau. Sa patte s'est réparée. Elle ne boite plus du tout et Papy dit qu'il va pouvoir lui rendre bientôt sa liberté.

Quand le jour J est arrivé, Mamie Jeannette a dressé une table au bout du champ, avec une grande nappe blanche et des serviettes en papier pliées dans les verres de tous les jours.

Mamie est une grande cuisinière et elle s'était surpassée pour l'occasion. Il y avait des tartes aux fruits du jardin, une montagne de réglisses, des fraises, de la crème fraîche, des caramels maison au beurre et un délicieux cocktail d'été à base de limonade et de sirop de cerise.

De son côté, Jean-C. qui est nul en orthographe avait préparé un programme, copié sur une grande feuille de papier Canson brûlée aux coins pour qu'elle ressemble à un vieux parchemin :

Rassemblemen dans la prérie
Surprise des grand
Goûté pour tou le monde

Jean-D. et Jean-E. avaient été chargés de disposer les chaises pliantes en arc de cercle, comme au théâtre, et de vendre les tickets.

Ça, c'était une idée de Jean-A. : cinquante centimes par place assise, avec une réduction pour papa et maman, mais sur présentation de la carte famille nombreuse uniquement.

- Sur présentation de la carte ? s'est étranglé papa qui avait oublié la sienne. Mais enfin, tu me reconnais ! Je suis votre père !

– C'est le règlement, a dit Jean-D. Pas de carte famille nombreuse, pas de réduction.

Papa a eu beau râler, comme au Monopoly, il a dû payer plein tarif pour lui et pour maman, plus les places de Jean-E. et Jean-F. qui n'ont pas d'argent de poche parce qu'ils sont trop petits.

Quand tout le monde a été assis, Jean-A. et moi avons présenté notre surprise.

C'était un grand cerf-volant triangulaire, à peu près de la taille de Jean-D., avec une armature renforcée et une toile sur laquelle j'avais dessiné des écoutilles comme sur un vrai module spatial.

De chaque côté, Jean-A. avait ajouté des ailerons plus petits qui ressemblaient à des panneaux solaires, et sur la pointe inférieure, une longue traîne où pendait une boîte à camembert recouverte de papier d'aluminium.

– C'est magnifique, a applaudi maman. Mais à quoi sert cette petite boîte ?

C'était ça, mon idée. Elle m'était venue en voyant Neil Armstrong planter son drapeau sur la Lune.

A chaque fin de vacances, on fait des vœux pour l'année suivante, on prend de bonnes résolutions, comme de bien travailler en classe, de ranger notre chambre ou de ne pas nous disputer. Cette fois, nos souhaits enfermés dans la petite boîte à camembert partiraient dans l'espace, accrochés au cerf-volant. Qui sait : si les extraterrestres existent et qu'ils ont autant de super pouvoirs qu'on le dit dans les bandes dessinées, peut-être voudraient-ils nous donner un coup de main et réaliser nos vœux ?

– C'est une idée formidable, a approuvé papa.

– On peut demander ce qu'on veut ? a dit Jean-D., incrédule.

– Bien sûr, j'ai dit. Tout ce qu'on veut.

Sauf une sœur, a précisé Jean-A. De toute façon, les extraterrestres sont trop intelligents : ils n'acceptent pas les filles dans l'espace…

Il a distribué des crayons et des feuilles de papier, et chacun s'est isolé pour écrire son vœu. Puis, l'un après l'autre, on a plié notre message avant de le glisser dans la boîte à camembert.

– Moi, z'ai demandé que Suppozitoire ne soit pas manzé par le zinodaure ! a zozoté Jean-E.

– Et moi qu'on aille tous les samedis à la piscine municipale de Toulon, a dit Jean-D.

– Et moi d'être dispensé de tour de vaisselle, a dit Jean-C. qui ne comprend jamais rien.

– Parce que tu crois que les Martiens savent ce que c'est, un tour de vaisselle ? a ricané Jean-A.

Ce n'était pas bien difficile de deviner son vœu à lui : avoir enfin la télé et pouvoir regarder Rintintin en rentrant de l'école.

Je me suis bien gardé de révéler le mien : pour que les souhaits se réalisent, ils doivent rester secrets, et ce dont je rêve le plus au monde, c'est d'avoir un chien rien qu'à moi. J'avais même écrit son nom, Dagobert, mais après je me suis demandé si les extra terrestres lisaient aussi le Club des Cinq et s'ils pourraient comprendre.

Le plus compliqué, ça a été de donner un nom à notre cerf-volant spatial. Jean-D. voulait l'appeler *Meftou 1*, Jean-E. *Super-Zino-Volant*, Jean-C. n'avait aucune idée et Jean-A., qui veut toujours être le chef, a dit que si on ne l'appelait pas *Prototype Jean-A.*, il refusait de le faire décoller

– Et pourquoi pas *Le camembert volant* ? j'ai proposé.

– Camembert volant toi-même, a ricané Jean-C.

C'est Mamie Jeannette qui, pour une fois, a mis tout le monde d'accord :

– Que diriez-vous de l'appeler tout simplement… *Apollo Jean* ?

C'était une super idée. Je me suis dépêché de l'écrire sur un petit coin de la toile au marqueur indélébile, puis papa a pris une photo de nous tous, le soleil dans les yeux, avec le cerf-volant qui tirait déjà sur son fil comme s'il était pressé de s'envoler.

– Moi, a dit papa en rebouchant son objectif, je n'ai qu'un vœu à formuler : que mes six Jean soient heureux à Toulon et qu'ils continuent d'être des enfants aussi formidables. Qu'en penses-tu, chérie ?

– Oui, a dit maman. Je n'ai rien d'autre à demander.

– Moi si, a dit Mamie Jeannette : que vous reveniez tous ici pour les prochaines vacances.

– Et cette fois, a dit Papy Jean, le dinosaure n'aura qu'à bien se tenir !

– Hourra ! on a crié. Vive Super-Mamie et Super-Papy !

Il ne restait plus qu'à lancer *Apollo Jean*. Comme papa, Jean-A. est très fort en bricolage, mais notre appareil avait une forme si spéciale qu'il lui a fallu s'y reprendre à deux fois pour lui permettre de s'envoler.

Jean-F. s'est mis à pédaler comme un malade dans sa chaise haute quand il a vu le cerf-volant filer à l'oblique, encore retenu par le fil qui se dévidait en sifflant. Il a rasé la cime des arbres puis, soudain, s'est rétabli pour grimper tout droit comme un ballon dans le ciel bleu.

Quand le fil est arrivé au bout du dévidoir, le cerf-volant s'est immobilisé. Comme on voulait encore en profiter un peu, Jean-A. a noué l'extré mité du fil au pied de la table et on a goûté tous ensemble en le regardant se balancer au-dessus de nos têtes comme une minuscule ablette au bout de sa ligne.

Celle qui a paru la plus étonnée en découvrant notre cerf-volant, c'est la tourterelle quand Papy l'a libérée. Avec de petits Rou ! Rou ! étonnés, Long John Silver a clopiné jusqu'à la porte de sa cage, clignant de l'œil comme si elle n'osait pas encore se lancer. Puis, dans un battement d'ailes, elle a pris son essor et a filé au ras des herbes.

On l'a vue s'élever au bout du champ, revenir, repartir encore, voltigeant autour du cerf-volant comme si elle ne supportait pas de le voir prisonnier et qu'elle l'invitait à la suivre.

Le soleil commençait à baisser, il fallait se résoudre à lâcher *Apollo Jean* s'il voulait gagner la stratosphère tant qu'il faisait encore jour.

– A toi l'honneur, Jean-B., a fait Jean-A., la bouche pleine de tarte à la cerise.

– A moi ? j'ai dit, un peu étonné.

– C'est ton idée, banane, il a dit avec un haussement d'épaules. Moi, c'est une vraie fusée que je voulais fabriquer, avec des pétards et un étage pour Première et Deuxième Chaîne. Ils auraient été les premiers chats à voyager dans l'espace.

C'est Papy qui n'avait pas voulu, de peur que Première et Deuxième Chaîne finissent en saucisses grillées.

– Tu crois qu'un cerf-volant peut monter jusqu'à la Lune ? a demandé Jean-D.

– Bien sûr, a dit Papy. Et bien plus haut encore.

– Alors, les astronautes, là-haut, ils vont le voir passer ? a demandé Jean-C.

– Qui sait ? a fait Papy.

L'instant solennel était arrivé. Retenant mon souffle, j'ai dénoué le fil qui retenait le cerf-volant à la table pendant que les autres entamaient le compte à rebours :

– Six ! Cinq ! Quatre ! Trois...

Le cerf-volant, encouragé par Long John Silver, tirait si fort que j'étais obligé de le retenir à deux mains

– ... Deux ! Un ! Zéro !

J'ai tout lâché.

Apollo Jean a fait un bond et il est monté comme une flèche, aspiré par les courants. Même Long John Silver avait du mal à le suivre.

Puis il s'est stabilisé et a commencé à dériver. Un moment, on l'a suivi des yeux en silence, filant vers l'horizon jusqu'à ne plus être qu'une minuscule virgule noire égarée dans l'espace, emportant avec lui nos vœux pour l'année prochaine.

Et puis, juste au moment où il disparaissait dans une montagne de nuages couleur de crème chantilly, une petite voix s'est exclamée :

– Meftou !

On s'est tous retournés.

– Chérie ! a balbutié papa. Jean-F. vient de prononcer son premier mot !

– Impossible, a dit maman. Il est trop petit !

– Meftou ! a répété Jean-F. en pédalant fièrement dans sa chaise.

– Meftou ? a répété papa. Mais qu'est-ce que ça veut dire ?

– C'est du latin, a dit Jean-A.

– Du latin ? a dit papa, rouge de fierté en sortant Jean-F. de sa chaise. Chérie ! Notre petit dernier a dit son premier mot en latin !

– Incroyable ! a dit maman qui n'en croyait pas ses oreilles. Quelle intelligence !

– C'est tout mon portrait ! a dit papa en serrant Jean-F. dans ses bras.

Comme on se pressait autour de lui pour l'applaudir, Jean-F. est devenu tout rouge et s'est arrêté de respirer, alors papa s'est dépêché de le repasser à maman en disant :

– J'ai peur que les couches de notre latiniste soient pleines, chérie…

– Mais au fait, a dit maman. Qu'est-ce que ça veut dire « meftou » ?

Papy nous a adressé un grand clin d'œil complice :

– « Le mot de la fin », je crois, non ? Qu'en pensez-vous, les Jean ?

Ce soir-là, après la fête, dans la maison endormie, j'ai sorti mon cahier secret et j'ai écrit le titre du roman que j'ai décidé d'écrire quand on sera à Toulon.

Ça s'appellera *Le camembert volant*. C'est l'histoire d'un équipage de six astronautes, commandé par un super-héros du nom de Jean-B., qui part en mission vers la planète Mars. Comme ils ont décidé d'emmener tous leurs meubles, leur vaisseau ressemble un peu à un camion de déménagement intergalactique, avec une galerie à bagages sur le toit du module et un second à lunettes qui n'arrête pas de râler et de vouloir être le chef…

Je ne sais pas encore ce qui leur arrivera. Juste qu'ils auront un chien, un poisson rouge voyageant dans un aquarium spécial, et quatre cousins félons au crâne en forme de soupière lancés à leur poursuite à travers l'espace-temps…

Le reste, j'ai tout le temps de le découvrir.

Mais quand j'aurai fini mon histoire, je l'enverrai à mon meilleur copain, François Archampaut.

Je suis sûr qu'il va l'adorer.

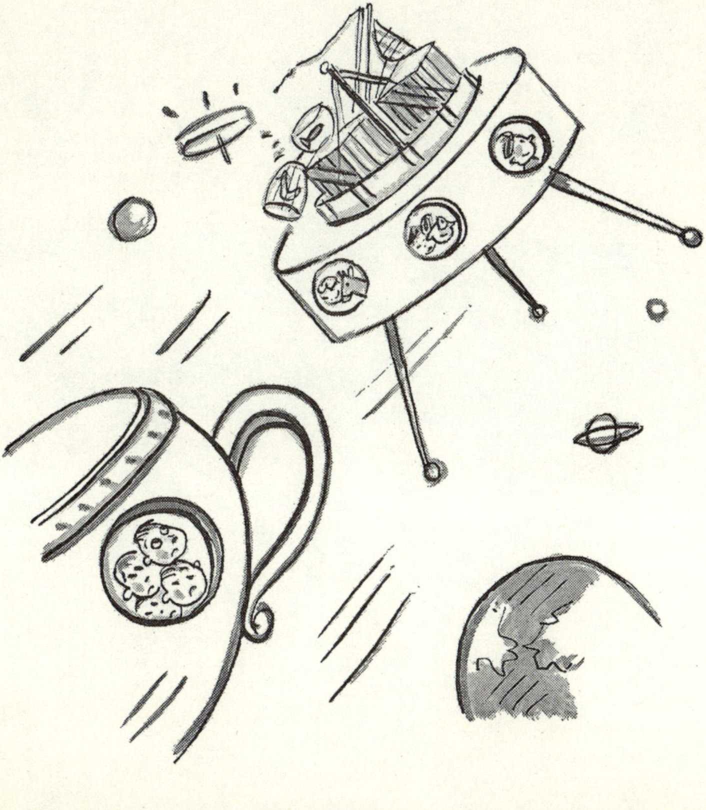

TABLE DES MATIÈRES

JEAN-PHILIPPE ARROU-VIGNOD
L'AUTEUR

Jean-Philippe Arrou-Vignod est né le 18 septembre 1958 à Bordeaux. Il a vécu successivement à Cherbourg, Toulon, Antibes, avant de se fixer dans la banlieue parisienne. Après des études à l'École normale supérieure et une agrégation de lettres, il est aujourd'hui professeur de français dans un collège. Boulimique de lecture durant toute son enfance, il s'essaie à son tour très tôt à l'écriture et publie son premier roman en 1984 aux éditions Gallimard.
Lorsqu'il écrit pour les enfants, c'est avec le souci constant de leur offrir des livres qu'il aurait aimé lire à leur âge. Pour cela, il se fie à ses souvenirs, sans cesse réactivés au contact de ses jeunes élèves qui ont l'âge des héros de ses romans.

DOMINIQUE CORBASSON

L'ILLUSTRATRICE

Dominique Corbasson a fait des études de dessin aux Arts-Appliqués. Elle est devenue styliste puis, de la mode, elle est passée à l'illustration. Depuis quatre ans, elle dessine pour la presse féminine, la publicité, les livres d'enfants… en France et au Japon. Dominique Corbasson est âgée de quarante ans et mère de trois enfants.

Découvrez les autres livres
de **Jean-Philippe Arrou-Vignod**
parus dans la collection FOLIO **JUNIOR**

L'OMELETTE AU SUCRE

n° 1007

Connaissez-vous l'omelette au sucre? Rien de moins compliqué à préparer. Prenez une famille de cinq garçons. Ajoutez-y un nouveau bébé à naître, une tortue, un cochon d'Inde et une poignée de souris blanches. Mélangez bien le tout, sans oublier une mère très organisée, un père champion du bricolage et quelques copains d'école à l'imagination débordante. Saupoudrez d'une pincée de malice et d'émotion, et servez aussitôt. C'est prêt… A consommer sans modération !

BON ANNIVERSAIRE !

n° 1176

Pas de cadeaux à l'horizon, pas de gâteaux, pas de fête… Pourtant Xavier avait entouré la date en rouge sur son agenda. Mais personne ne semble se le rappeler, ni ses parents, ni sa sœur, ni ses copains… tout le monde aurait-il oublié qu'aujourd'hui… il fête ses dix ans ?

Le professeur a disparu

n° 558

Rémi, Mathilde et Pierre-Paul Louis de Culbert – surnommé P.P. Cul-Vert – ont remporté le concours d'histoire organisé par leur ville. Le prix ? Il est inespéré : un séjour à Venise ! Ils seront accompagnés par leur professeur d'histoire, M. Coruscant. Mais au cours du voyage, celui-ci disparaît mystérieusement…

Enquête au collège

n° 633

Que se passe-t-il donc au collège ? Qui se promène la nuit dans les couloirs déserts ? Quels secrets abritent les sous-sols où aucun élève n'est jamais allé ? Qui a saccagé la salle des sciences naturelles et assommé M. Cornue, le laborantin ? Le Principal cherche des coupables parmi les internes… Une seule solution pour Rémi et P. P. Cul-Vert, aidés de la douce Mathilde : découvrir eux-mêmes la vérité.

P.P. Cul-Vert détective privé

n° 701

Un lugubre cottage en Angleterre, une hôtesse inquiétante, une duchesse dévalisée, un singulier spécialiste des poissons orientaux... Il n'en faut pas plus pour transformer un innocent séjour linguistique en une palpitante aventure.

Sur la piste de la salamandre

n° 753

Une chasse au trésor organisée par un journal, quelle aubaine pour Mathilde, Rémi et Pierre-Paul, spécialistes de l'aventure ! Eux qui redoutaient de s'ennuyer pendant les grandes vacances, les voilà lancés sur la piste d'une mystérieuse statuette... qui intéresse beaucoup de monde. Beaucoup trop ! Les énigmes et les dangers se succèdent sans répit...

P.P. et le mystère du Loch Ness

n° 870

Que signifie ce messsage en forme de S.OS. et cette mystérieuse invitation de Pierre-Paul ? En route pour l'Écosse, Rémi et Mathilde s'interrogent. Quel danger menace P.P. ? Le rugissement d'un fauve au milieu de l'orage, un fracas de vaisselle brisée, des bruits de pas... Leur pre-

mière nuit à Keays Castle n'a rien de rassurant. Où est donc passé leur ami ? L'incroyable énigme du monstre du Loch Ness sera-t-elle enfin élucidée ?

LE CLUB DES INVENTEURS

n° 1083

Décidément, P.P. Cul-Vert n'est jamais à court d'idées. Sa dernière lubie ? Présenter un prototype de sa fabrication au grand concours du Club des Inventeurs, qui rassemble les génies les plus créatifs de notre planète ! Mais l'ennemi rôde au manoir des Corneilles, bien décidé à s'emparer de cette mystérieuse invention. Pour la protéger, une seule solution : engager Mathilde et Rémi comme gardes du corps...

AGENCE PERTINAX

n° 799

Répondre à une petite annonce et devenir détective le temps d'un été ? Jouer les gardes du corps pour une très vieille dame persécutée par des appels anonymes ? Suivre un dangereux rôdeur sur un chantier désert ? Pas si facile quand on s'appelle Matt et qu'on a seize ans. Une seule solution : l'Agence Pertinax, embrouilles en tous genres, à votre service...

Si vous aimez rire,
voici des livres qui vous plairont
dans la collection FOLIO **JUNIOR**

MATHILDA

Roald **Dahl**
n° 744

SACRÉES SORCIÈRES

Roald **Dahl**
n° 613

LA POTION MAGIQUE DE GEORGES BOUILLON

Roald **Dahl**
n° 463

TREIZE A LA DOUZAINE

Ernestine et Franck **Gilbreth**
n° 460

LA SORCIÈRE DE LA RUE MOUFFETARD

Pierre Gripari
n° 440

LES TERRIBLES TRIPLÉS

Dick **King-Smith**
n° 878

HARRY EST FOU

Dick **King-Smith**
n° 406

MAGNUS SUPER SOURIS

Dick **King-Smith**
n° 591

MANOLITO

Elvira **Lindo**
n° 814

SUPER MANOLITO

Elvira **Lindo**
n° 900

LES SECRETS DE MANOLITO

Elvira **Lindo**
n° 1026

L'ÉVASION DE KAMO

Daniel Pennac
n° 801

KAMO ET MOI

Daniel Pennac
n° 802

LA GUERRE DES BOUTONS

Louis **Pergaud**
n° 436

MARCELLIN CAILLOU

Sempé
n° 561

RAOUL TABURIN

Sempé
n° 854

A NOUS DEUX

Jacqueline **Wilson**
n° 966

Mise en pages : Didier Gatepaille

Loi n° 49-956 du 16 juillet 1949
sur les publications destinées à la jeunesse
ISBN : 978-2-07-055303-7
Numéro d'édition : 154241
Numéro d'impression : 85897
Dépôt légal : juillet 2007
1er dépôt légal dans la même collection : avril 2004
Imprimé en France sur les presses de la Société Nouvelle Firmin-Didot